历代笔记小说大观

四朝闻见录
随隐漫录

［宋］叶绍翁 陈世崇 撰

尚成 郭明道 校点

图书在版编目(CIP)数据

四朝闻见录　随隐漫录／(宋)叶绍翁　陈世崇撰;尚成 郭明道校点.
—上海：上海古籍出版社，2012.12(2023.8重印)
(历代笔记小说大观)
ISBN 978-7-5325-6358-6

Ⅰ.①四… ②随… Ⅱ.①叶… ②陈… ③尚…
④郭… Ⅲ.①笔记小说-小说集-中国-宋代
Ⅳ.①I242.1

中国版本图书馆 CIP 数据核字(2012)第 044981 号

历代笔记小说大观

四朝闻见录　随隐漫录

[宋]叶绍翁　陈世崇　撰

尚　成　郭明道　校点

上海古籍出版社出版发行

(上海市闵行区号景路 159 弄 1-5 号 A 座 5F　邮政编码 201101)

(1) 网址：www.guji.com.cn

(2) E-mail：guji1@guji.com.cn

(3) 易文网网址：www.ewen.co

常熟文化印刷有限公司印刷

开本 635×965　1/16　印张 11　插页 2　字数 146,000

2012 年 12 月第 1 版　2023 年 8 月第 2 次印刷

印数：2,101—3,200

ISBN 978-7-5325-6358-6

Ⅰ·2512　定价：27.00 元

如有质量问题,请与承印公司联系

总　目

四朝闻见录 I

随隐漫录 133

四朝闻见录

［宋］叶绍翁　撰
尚　成　校点

校 点 说 明

《四朝闻见录》五卷,南宋叶绍翁撰。绍翁字嗣宗,号靖逸,龙泉(今属浙江)人,祖籍浦城(今属福建)。《宋史》无传,《四库全书总目》据《闻见录》载其曾与真德秀私校徐凤殿试卷事,谓绍翁"似亦尝为朝官,然其所居何职则不详"。

记录宋室南渡后的历朝事迹,除李心传的《建炎以来系年要录》和《朝野杂记》可补史乘之缺外,当数此书最称详备。不仅记事时限由李氏二书的仅止高宗一朝,扩展至高宗、孝宗、光宗、宁宗四朝,而且五卷记事凡二百零九条,每条各自标题,其中尤以卷四记宁宗受禅、庆元党禁、韩侂胄由幸至诛最为详尽,为史传所采。而书中对南宋四朝典章制度、名物轶事的记载,也多为史家和研究者所重视。

至其成书时值理学盛行,虽宗朱熹之学却持论平正,又为人所称。然所记事颇涉琐碎,至被后人列入小说家类,也是事实。不过,这并不影响它成为研究南宋历史重要参考资料的价值。

今以《四库全书》本为底本,以《知不足斋丛书》等本参校,断句标点。凡遇明显错讹或异文,则择善径改,不出校记。

目　　录

卷一　甲集

恭孝仪王大节 / 9

东莱南轩书说 / 10

慈湖疑《大学》/ 12

大臣祝衣见百官 / 13

卫魁廷对 / 13

光尧幸径山 / 15

光皇命驾北内 / 16

宏而不博博而不宏 / 18

制科词赋三经宏博 / 20

武林山 / 21

中和堂御制诗 / 22

三文忠 / 23

华子西 / 24

请斩秦桧 / 25

九里松用金字 / 26

夏执中扁榜 / 26

南屏兴教磨崖 / 27

易安斋梅岩亭 / 27

柳洲五龙王庙 / 28

忠勇庙 / 29

径山大慧 / 29

潘阆不与先贤祠 / 9

考亭解《中庸》/ 10

赐燕涤爵 / 12

庆元六君子 / 13

布衣入馆 / 14

宪圣拥立 / 15

止斋陈氏 / 17

胡纮李沐 / 19

词学 / 20

高宗幸太学 / 22

请斩乔相 / 23

天子谦 / 23

刘三杰扶陞 / 25

请斩赵忠定 / 25

寿星寺寒碧轩诗 / 26

三省 / 27

天竺观音 / 27

五丈观音 / 28

张司封庙 / 28

忠清庙制词 / 29

宏词 / 30

文忠答赵履常 / 31　　　　　徐竹隐草皇子制 / 31
昆命于元龟 / 31　　　　　　　考亭 / 32
洪景卢 / 32　　　　　　　　　赵忠定抡才 / 33
太学诸生置绫纸 / 33　　　　　心之精神是谓圣 / 34
郑节使酒过 / 34　　　　　　　史越王表 / 34
杨和王相字 / 35　　　　　　　朱赵谥法 / 35

卷二　乙集

高宗驻跸 / 37　　　　　　　　武林 / 37
武林 / 38　　　　　　　　　　钱塘 / 38
洛学 / 38　　　　　　　　　　吴云螫 / 39
赵忠定 / 41　　　　　　　　　吴云螫 / 41
又 / 41　　　　　　　　　　　高宗御书石经 / 41
光皇御制 / 42　　　　　　　　三王得 / 42
清湖陈仙 / 42　　　　　　　　乌髭药 / 43
光拙庵 / 43　　　　　　　　　万年国清 / 43
皇甫真人 / 43　　　　　　　　孝宗召周益公 / 44
孝宗恢复 / 45　　　　　　　　秦桧王继先 / 45
杨沂中穴西湖 / 45　　　　　　普安 / 45
楮券 / 46　　　　　　　　　　宪圣不妒忌之行 / 46
光皇策士 / 46　　　　　　　　又 / 47
佑圣观 / 48　　　　　　　　　庄文致疾 / 48
宁皇二屏 / 48　　　　　　　　陆放翁 / 49
熊子复 / 50　　　　　　　　　越王陪位 / 51
高宗知命 / 51　　　　　　　　宪圣拥立 / 51
攻媿楼公 / 52　　　　　　　　翁中丞 / 52
张于湖 / 53　　　　　　　　　真文忠居玉堂 / 53
又 / 54　　　　　　　　　　　甲戌进士 / 54
函韩首 / 55　　　　　　　　　胡桃文鹁鸽色炭 / 56
王竹西驳论黄潜善汪伯彦 / 56　吕成公编文鉴 / 58
洪景卢编唐绝句 / 58　　　　　秦小相黄葛衫 / 58

秦夫人淮青鱼 / 59　　　　　高宗好丝桐 / 59

黄振以琴被遇 / 59　　　　　倪文昌请以谏议大夫入阁 / 59

去左右二字 / 60　　　　　　宣政宫烛 / 60

柔福帝姬 / 61　　　　　　　技术不遇 / 61

刘锜边报 / 61　　　　　　　陆石室 / 62

开禧兵端 / 63

卷三　丙集

褒赠伊川 / 64　　　　　　　虎符 / 65

逆曦伪服印 / 66　　　　　　万弩营 / 66

来子仪 / 66　　　　　　　　朱希真 / 67

宁皇进药 / 67　　　　　　　秦桧待北使 / 67

真文忠公谥议 / 68　　　　　悼赵忠定诗 / 68

鹁鸽诗 / 69　　　　　　　　宫鸦 / 69

田鸡 / 69　　　　　　　　　史越王青词 / 70

司马武子忠节 / 70　　　　　张史和战异议 / 72

宁皇登位 / 73　　　　　　　叶洪斥侂胄 / 74

景灵行香 / 74　　　　　　　王医 / 75

高士 / 76　　　　　　　　　萧照画 / 76

慈明 / 77　　　　　　　　　节度 / 78

注脚端明 / 79　　　　　　　秃头防御 / 79

贤良 / 79　　　　　　　　　第一则 / 81

第二则 / 82　　　　　　　　第三则 / 83

高宗六飞航海 / 84　　　　　韦居士 / 84

九里松字 / 85　　　　　　　王正道 / 85

张通古 / 85　　　　　　　　史文惠荐士 / 86

孝宗御制赐吴益 / 86　　　　闽人讹传兆域 / 86

天上台星 / 87　　　　　　　洞仙歌 / 87

方奉使 / 87　　　　　　　　草头古 / 88

二元 / 88　　　　　　　　　单夔知夔州 / 89

宁皇御舟 / 89　　　　　　　两朝玉带之祥 / 89

张公九成玉带 / 89
卷四 丁集
宁皇即位 / 91　　　　　　庆元丞相 / 92
考异二则 / 93　　　　　　又一则 / 93
又一则 / 93　　　　　　又一则 / 95
庆元党 / 96　　　　　　考异 / 101
文公谥议 / 103　　　　　　覆谥 / 104
庆元二年戒饬场屋付叶翥以下
　御笔 / 105　　　　　　科举为党议发策 / 105
嘉泰制词 / 107
卷五 戊集
岳侯追封 / 108　　　　　　考异 / 108
遗事 / 109　　　　　　毕再遇 / 109
周虎 / 109　　　　　　田俊迈 / 110
御批黄榜 / 110　　　　　　罢韩侂胄麻制 / 111
臣寮雷孝友上言 / 112　　　　臣寮上言 / 115
又 / 116　　　　　　给舍缴驳论疏 / 118
尚书省榜 / 119　　　　　　因韩党诏谕中外百官 / 119
考异 / 120　　　　　　侂胄师旦周筠等本末 / 120
韩势败笑鉴 / 121　　　　　　阅古南园 / 122
南园记考异 / 124　　　　　　四夫人 / 125
满潮都是贼 / 125　　　　　　逆曦归蜀 / 125
伶优戏语 / 126　　　　　　侂胄助边 / 126
韩墩梨 / 126　　　　　　黄胖诗 / 126
刘淮题韩氏第 / 127　　　　　西湖放生池记 / 127
犬吠村庄 / 128　　　　　　考异 / 129
李季章使敌诗 / 129　　　　　淮民浆枣 / 130
浦城乡校芝草之瑞 / 130　　　台臣用谣言 / 130
好女儿花 / 131　　　　　　秘书曲水砚 / 131

卷一　甲集

恭孝仪王大节

恭孝仪王讳伸浞。王之生也，有紫光照室。及视，则肉块。以刃剖块，遂得婴儿。先两月，母梦文殊而孕动。二帝北狩，六军欲推王而立之，仗剑以却黄袍，晓其徒曰："自有真主。"其徒犹未退，则以所仗剑自断其发。其徒又未退，则欲自仗剑以死。六军与王约，以逾月而真主不出，则王当即大位。王阳许而阴实款其期。未几高宗即位于应天，王间关度南，上屡嘉叹。王祭濮园，尝自赞其容曰："熙宁六载，岁在癸丑，月当孟夏，二十有九，余乃始生，濮祖之后。性比山麋，貌同野叟。随圆就方，似无为有。惟忠惟孝，不污不苟。皓月清风，良朋益友。湛然灵台，确乎不朽。""不污不苟"，盖自叙其推戴事也。尝游天竺，有"山禽忽惊起，冲落半岩花"之句。葬西湖显明寺。子孙视诸邸最为蕃衍，盖恭孝之报云。

潘阆不与先贤祠

潘阆居钱塘，今太学前有潘阆巷。俗呼为潘郎。阆工唐风，归自富春，有"渔浦风波恶，钱塘灯火微"之句，识者称之。唯落魄不检，为秦王记室参军，王坐捕阆急甚。阆自髡其发，易缁衣，持磬出南薰门。上怒既怠，有为阆说上者曰："阆不南走粤，则北走辽。惟上招安之。"上旋悟。时阆已再入京，敕授四门助教。阆以老懒不朝谒为辞，自封还敕命。时文法疏简犹若此。未几论者谓阆终秦党，语多怨望，编置信上。至信上，酌道旁圣泉，题诗柱上曰："炎天□□热如焚，恰恨都无一点云。不得此泉□□□，几乎渴杀老参军。"犹称记室旧衔也。先是卢多逊与潘善，故有四门之命。多逊谮赵普不行，普相，多逊罢，故阆终不免。嘉定间临安守建先贤堂于西湖,欲祀阆于列,有风不宜预者,遂黜阆。事见《祠记》。进德行而退文艺,先节义而后功名。

东莱南轩书说

考亭先生尝观《书说》,语门人曰:"伯恭东莱字。直是说得《书》好,但《周诰》中有解说不通处只须阙疑,熹亦不敢强解,伯恭却一向解去,故微有尖巧之病也。是伯恭天资高处,却是太高,所以不肯阙疑。"又谓"南轩《酒诰》一段解天降命、天降威处,诚千百年儒者所不及"。今备载南轩之说:"酒之为物,本以奉祭祀、供宾客,此即天之降命也。而人以酒之故,至于失德丧身,即天之降威也。释氏本恶天降威者,乃并与天之降命者去之;吾儒则不然,去其降威者而已。降威者去而天之降命者自在,如饮食而至于暴殄天物,释氏恶之而必欲食蔬茹;吾儒则不至于暴殄而已。衣服而至于穷极奢侈,释氏恶之,必欲衣坏色之衣;吾儒则去其奢侈而已。至于恶淫慝而绝夫妇,吾儒则去其淫慝而已。释氏本恶人欲,并与天理之公者而去之;吾儒去人欲,所谓天理者昭然矣。譬如水焉,释氏恶其泥沙之浊而窒之以土,不知土既窒则无水可饮矣;吾儒不然,澄其泥沙而水之澄清者可酌。儒、释之分也。"

考亭解《中庸》

考亭解《中庸》"天命之谓性,率性之谓道,修道之谓教"曰:"命犹令也,性即理也。天以阴阳五行化生万物,气以成形而理亦赋焉,犹命令也。于是人物之生,因各得其所赋之理,以为健顺五常之德,所谓性也。率,循也;道,犹路也。人物各循其性之自然,则其日用事物之间,莫不各有当行之路,是则所谓道也。修,品节之也。性道虽同而气禀或异,故不能无过不及之差。圣人因人物之当行者而品节之,以为法于天下,则谓之教,若礼乐刑政之属是也。盖人之所以为人,道之所以为道,圣人之所以为教,原其所自,无一不本于天而备于我矣。"真文忠公德秀观考亭之解，以为"生我者太极也，成我者先生也，谓考亭。吾其敢忘先生乎"！考亭之门人刘黻字季文，号静春，与文忠为友而辈行过之，乃大不取其师之说。其自为论，则曰："维天之命，於穆不已；惟人受天地之中以生，故谓之性，而贵于物焉。《汤诰》曰：'维皇上帝，降衷于下民，若有恒性。'吾夫子曰：'天地之性人为贵。'是则人之性，岂物之所得而拟哉？或疑万物通谓之性，奚独人？愚曰：是固然矣。然此既曰性，则有气质矣，又安可合人物而言，以自汩乱其本原也？凡混人物而为一者，必非识性者也。今皆不取。至如孟子道性善，亦只为人而已。"文忠公与静春辩，各主其说。或当燕饮旅酬之顷，静春必与公辩极而争起。公引觞命静春曰："某窃笑汉儒聚讼，吾侪岂可又为后世所笑？姑各行所学而已。"刘犹力持其说不已，著为《就正录》云："昔子思作《中庸》，篇端有曰：'天命之谓性，率性之谓道。'是专言乎人而不杂乎物也，其发明性命、开悟天下后世至矣。而或者必曰此两句兼人物而言，嗟夫，言似也而差也！尝考古先圣贤凡言性命，有兼人物而言者，有专以人言而不杂乎物者。《易》之《乾象》曰'各正性命'，《乐记》亦曰'则性不同矣'，是乃兼人物而言。然既曰各有不同，则人物之分亦自昭昭。假如'天命之谓性，率性之谓道'或兼人物而言，则犬之性犹牛之性，牛之性犹人之性，当如告子之见。告子，孟子之高弟。彼其杞柳、湍水之喻，食色无不善无善之说，纵横缪戾，固无足取。至于生之谓性，孟子辩焉而未详，得无近是而犹有可取者耶？"善乎朱文公辟之曰："告子徒知知觉运动之蠢然者，人与物同；而不知仁义礼智之粹然者，人与物异。"此其一言破千古之惑，我文公真有大功于性善如此。文忠已不及登文公之门，闻而知之者也，其读《中庸》默与文公合。静春见而知者，乃终不以先生之说《中庸》为是，何欤？予尝闻陆象山门人彭不记名。谓予曰："告子不是孟子弟子，弟子俱姓名之。告子独称子者，亦是与孟子同时著书之人。"象山于告子之说，亦未尝深非之，而或有省处。象山之学杂乎禅，考亭谓陆子静满腔子都是禅，盖以此。然告子决非孟子门人，尝风静春去"高弟"二字。

慈湖疑《大学》

考亭先生解《大学·诚意章》曰:"意者,心之所发也。实其心之所发,欲一于善而无自欺也。一有私欲实乎其中,而为善去恶或有未实,则心为所累,虽欲勉强以正之,亦不可得。故正心者必诚其意。"慈湖杨氏读《论语》有毋意之说,以为夫子本欲毋意,而《大学》乃欲诚意,深疑《大学》出于子思子之自为,非夫子之本旨。此朱、陆之学所以分也。然夫子之传,子思之论,考亭先生之解,是已于意上添一"诚"字,是正虑意之为心累也。杨氏应接门人,著撰碑志俱欲去意,其虑意之为心累者,无异于夫子、子思、考亭先生,而欲尽去意则不可。心不可无,则意不容去。故考亭先生谓"意者,心之所发;实其心之所发,欲一于善而已"。既曰诚意矣,则与《论语》之毋意者相为发明,又何疑于《大学》之书也?故考亭先生以陆学都是禅。头领既差;而陆氏则谓考亭先生失之支离。鹅湖之会,考亭有诗,其略云:"旧学商量加邃密,新知培养转深沉。"陆复斋云:"留情传注翻荆棘,着意精微转陆沉。"象山云:"易简工夫终久大,支离事业转浮沉。"盖二氏之学可见矣。慈湖第进士,主富阳簿,象山陆氏犹以举子上南宫,舟泊富阳。杨宿闻其名,至舟次迎之,留厅舍。晨起,揖象山而出,摄治邑事。象山其有自信处否,学者曰:"只是信几个'子曰'。"象山徐语之曰:"汉儒几个杜撰'子曰',足下信得过否?"学者不能对,却问象山曰:"先生所信者,信个什么?"象山曰:"九渊只是信此心。"骊塘谓予曰:"那学子应得也自好,只是象山又高一着。此老极是机辩,然亦禅也。"慈湖又改周子《太极图》为画,以为周子之说详。简之说《易》,其意盖不取无极之说,以为道始于太极而已,亦源流于象山云。

赐　燕　涤　爵

赐酒群臣,无涤爵之文。孝宗锡燕内朝,丞相王淮涕流于酒,已则复缩涕入鼻观。吴公琚兄弟亦预燕,上见其饮酒辄有难色,微扣左右知其故，后有诏涤爵。涤爵自淮始。

大臣衩衣见百官

大臣见百官，主宾皆用朝服。时暑伏甚，丞相淮体弱不能胜，闷至绝。上亟诏医疾，有间，复有诏许百官以衩衣见丞相，自淮始。

庆元六君子

赵忠定横遭谪，去国之日天为雨血。京城人以盆盎贮之，殷殷然。太学诸生上封事，扣丽正甚急，侂胄欲斩其为首者，宁皇只从听读。当时同衔上者六人，世号为"六君子"，曰周端朝，曰张道，曰徐范，曰蒋传、林仲麟、杨宏中。皆并出，惟周受祸略备。初自廷尉听读衢州，已次半道，有旨再赴廷尉，周始自分必死。后至不能嗣，韩亦惨矣。时宪圣在上，韩犹不敢杀士，故欲以计杀之。周竟不死，复听读永州，杜门教授生徒。后以韩诛放还，复籍于学，为南宫第一人，自外入为国子录。以女妻富阳令李氏子，亲迎之夕有老兵持诸生刺以入，周曰："正用此时来见我，为我传语：来日相见于崇化堂矣。"诸生不肯退，曰："我为国录身上事来，有书在此。"书入，乃备述李为史氏云云，"恐他时先生馆职骎骎，天下以为出于李氏"。周愕甚，入则已奏乐行酒。周亟起，告女以故。女以疾遽冀展日定情，李氏子悯然登车去。富阳令大怒，诉于台，因劾周去。复入为太学博士。自文忠公去国，时犹有楼公昉、危公稹、萧公舜咨、陈公虑、洁斋袁公变、慈湖杨公简，相与直言于朝，俱以次引去。周由进士不十年至从列。庚辰京城灾，论事者众，周语予曰："子可以披腹呈琅玕矣。"予戏对之曰："先生在，绍翁何敢言？"

卫魁廷对

卫公泾字清叔，吴门石浦人。先五世俱第进士，至公为廷唱第一人。策中力陈添差赘员之弊，上敕授添差州金幕，公即入札庙堂，以为"身自言而自为可乎"？有旨待诏于金幕正关。公已赴越任，间会亲友玩牡丹，谓"第一花人尚贵之，吾亦宜自贵重可也"。先是廷唱一人任金幕垂满，必通书宰相为谢，然后遇次榜廷唱颁召命，以某日降旨入修门。公以通书宰相非是，唯任其迟速可也。时王淮当国，殊不以通书为讶，虽已降召命，而不与降入国门引见指挥。公翱翔于江上六合塔下，几三月不得见。适郑公侨以吏郎召，与公遇塔下，郑寒暄毕，即问曰："清叔何为在此？"公语之故。郑引见毕，即直诣都省，则面诘丞相。丞相情见词屈，曰："某几乎忘了。"翌日降旨，趣公见。公俱既史相诛韩，旋用故智，又欲去史。史为景宪太子旧学，太子知其谋于内，遂以告史。御史中丞章良能弹公。良能，公所厚也，疏入犹未报，章用台吏语缄副疏以示公。公车至太庙下得章所缄语，谓使曰："传语中丞，我今即出北关矣。"史以公宿望不敢贬置，唯俟以大阃，不复君矣。钱召文象祖以史故，于广座中及公云："初谓卫清叔一世人望，身为大臣，顾售韩侂胄螺钿髹器。"然则公之罪亦微矣。其客于有成尝授经于公，初于犹为士时公已罢政，提举洞霄宫，遗于以书，外缄题"书拜上省元"，下唯具衔，至幅内则称拜覆不备，题曰"省元学士先生"，盖得前辈体。又客曰迁斋楼公昉，往往代公笺启。又客曰辅汉卿，尝陪公闲话，亦及道学。又客曰王大受，迹颇疏于三客，亦未尝游公之燕阁。良能既逐公去，因及其四客。于后位至司业，楼位宗簿，封事轮对有直身声。辅尝从考亭先生游，晚以弁服终。王以忤攻媿楼公，故得罪，后谪邵武终焉。有《易斋诗》，水心先生为之序，称许过于"四灵"。卫公垂殁，乞勿田淀湖一疏，真体国大臣也。

布　衣　入　馆

震泽王蘋少师事龟山，高宗宿闻其名，又以诸郎官力荐，驾幸吴门，起召赐对，以布衣赐进士出身、正字中秘。制曰："朕于一时人才，苟得其名，自稍有自见，往往至屡试，而治不加进。于是从而求所未试者，至于岩穴之士，庶几有称意焉。尔学有师承，亲闻道要。蕴椟既久，声实自彰。行谊克修，溢于朕听。延见访问，辞约而指深。师友渊源，朕所嘉尚。赐之高第，职是校雠。岂特为儒者一时之荣，盖将使国人皆有所矜式。勉行而志，毋负师言。"上意盖谓龟山也。王既入馆，犹子谊年方十四岁，于书塾拈纸作御批，曰："可斩秦桧以谢天下。"为仆所持，索千金，王之父不能从。族子谓之曰："予金则返批，批返而后别议仆罪，千金可返也。"其父亦不能从，仆遂持以告有司。有司惧桧耳目，不敢隐，驿闻于朝。诏赴廷尉，狱具，伏罪当诛。桧阅其牍，审知年十四，翌日言之上。上赦其幼，编置象台。能诗文，聚徒贬所。桧死得归，治生产有绪。蘋本将阶大用，以犹子故，旋以他事为言者所列，坐废于家云。

光尧幸径山

光尧幸径山，憩于万木之阴，顾问僧曰："木何者为王？"僧对"大者为王"，光尧曰："直者为王。"有杉小而直，因封之。光尧为龙君注香，有五色蜥蜴出于塑像下，从光尧左肩直下，遂登右肩，还圣体者数，又抉而朝亦数四，光尧注视久之。蜥蜴复循宪圣圣体之半，拱而不数。时贵妃张氏亦缀宪圣，觊蜥蜴旋绕。僧至，讽经嗾之，宪圣亦祝曰："菩萨如何不登贵妃身？"蜥蜴终不肯，竟入塑像下。妃惭沮，不复有私利。径山有二事：东坡宿斋扉，夜有叩门者云"放天灯人归"，则天灯之伪不待辩。蜥蜴亦僧徒以缶贮殿中，施利者至，则嗾蜥蜴旋绕。天灯之事，僧徒本为利；既为利，则必嗾蜥蜴登妃身，彼视君后妾为何事。龙山间移天目，以础下小石窍往来。又有龙君借地之说，至不敢声钟鼓事，疑其徒附会，故不书。

宪圣拥立

宪圣既拥立光皇，光皇以疾不能丧，宪圣至自临为奠。攻媿楼公草《立嘉王诏》云："虽丧纪自行于宫中，然礼文难示于天下。"盖攻媿之词，宪圣之意也，天下称之。先是吴琚奏东朝云："某人传道圣语

'敢不控竭',窃观今日事体,莫如早决大策,以安人心。垂帘之事,止可行之浃旬,久则不可。愿圣意察之。"宪圣曰:"是吾心也。"翌日并召嘉王暨吴兴入,宪大恸不能声,先谕吴兴曰:"外议皆曰尔立,我思量万事当从长。嘉王,长也,且教他做。他做了你却做,自有祖宗例。"吴兴色变,拜而出。嘉王闻命,惊惶欲走,宪圣已令知阁门事韩侂胄掖持,使不得出。嘉王连称"告大妈妈,宪圣。臣做不得,做不得"。宪圣命侂胄:"取黄袍来,我自与他着。"王遂掣侂胄肘环殿柱。宪圣叱王立侍,因责王以"我见你公公,又见你大爹爹,见你爷,又今却见你"。言讫,泣数行。侂胄从旁力以天命为劝,王知宪圣意坚且怒,遂以黄袍亟拜不知数,口中犹微道"做不得"。侂胄遂掖王出宫,百官班宣谕宿内前诸军以嘉王嗣皇帝已即位,且草贺,欢声如雷,人心始安。先是皇太子即位于内,则市人排旧邸以入,争持所遗,谓之"扫阁",故必先为之备。时吴兴为备,独嘉王已治任判福州,绝不为备,故市人席卷而去。王既即位,翌日侂胄侍上诣光皇问起居。光皇疾,有间,问"是谁",侂胄对曰:"嗣皇帝。"光宗瞪目视之,曰:"吾儿耶?"又问侂胄曰:"尔谓谁?"对曰:"知阁门事臣韩侂胄。"光宗遂转圣躬面内。时惟传国玺犹在上侧,坚不可取。侂胄以白慈懿,慈懿曰:"既是我儿子做了,我自取付之。"即光宗卧内拿玺。宁皇之立,宪圣之大造也。三十六年清静之治,宪圣之大明也,琚亦有助焉。文忠真公跋琚奏稿于忠宣堂云:"观少保吴公密奏遗稿,其尽忠王室,可以对越天地而无愧,叹仰久之。丙子夏至富沙真德秀书。"侂胄阴忌琚,以宪圣故,故不敢行忠定、德谦事。赏花命酒,每极欢间,剧语吴曰:"肯为成都行乎?"吴对以更万里远亦不辞。韩笑谓曰:"只恐太母不肯放兄远去。"然犹偏帅,判荆、襄、鄂,再判金陵,终于外云。韩诛,赵氏讼冤于朝,公之子钢亦以公密奏稿进。时相疑吴为韩氏至姻,故伸赵而不录吴云。

光皇命驾北内

　　布衣谢岳甫,闽士也。当光宗久缺问安,群臣苦谏,至比上为夏、商末造，上益不悦。岳甫伏阙奏书，谓："父子至亲，天理固在。自有感悟开明之日，何事群臣苦谏？徒以快近习离间之意。但太上春秋已高，太上之爱陛下者，如陛下之爱嘉王。万一太上万岁之后，陛下何以见天下？"书奏，上为动，降旨翌日过宫。当是之时，岳甫名震于京，同姓宰相有欲俟上已驾即荐以代己者。止斋陈氏傅良时为中书舍人，于百官班中颙俟上出。上已出御屏，慈懿挽上入，曰："天色冷，官家且进一杯酒却上辇。"百僚暨侍卫俱失色。傅良引上裾，请毋入，已至御屏后，慈懿叱之曰："这里甚去处，你秀才们要斫了驴头！"傅良遂大恸于殿下。慈懿遣人问之，曰："此何理也？"傅良对以"子谏父而不听，则号泣而随之"。后益怒。傅良去，谢遂报罢。先是岳甫常上书孝宗请恢复，不报。谢娶孙氏，孙已死，谢发其线篋，乃谢所上书副本也。谢尝以副本纳要路，不知孙氏何自致之。谢益感怆。闽士林自知观过与谢同游于京学，以诗一绝为纪其事，末二句云："汉皇未下复仇诏，奈此匹夫匹妇何！"林已赋诗，同舍莫有能继者。林号为名儒，仕至史馆校勘、粮料院，终于官。

止 斋 陈 氏

止斋陈氏傅良字君举，永嘉人。早以《春秋》应举，俱门人蔡幼学行之游太学，以蔡治《春秋》浸出己右，遂用词赋取科第。词赋与进士诗为中兴冠，然工巧特甚，稍失《三元衡鉴》正体，故今举子词赋之失，自陈始也。奏疏洞达其忠，经义敷畅厥旨，尤长于《春秋》、《周礼》。考亭视为畏友，尝谓门人曰："以伯恭、君举、陈同父合做一个，方才是好。"犹不及水心先生。盖水心辈行不侔，而学业未能如晚年之大成，故考亭先生特谓其强记博闻，未见其便止。考亭先生见其止也，当与三子并称，而且有所优劣矣。考亭先生晚注《毛诗》，尽去序文，以彤管为淫奔之具，以城阙为偷期之所。止斋得其说而病之，谓"以千七百年女史之彤管与三代之学校，以为淫奔之具、偷期之所，私窃有所未安"。独藏其说，不与考亭先生辩。考亭微知其然，尝移书求其诗说。止斋答以"公近与陆子静斗辩无极，又与陈同父争论王霸矣，且某未尝注《诗》，所以说《诗》者不过与门人为举子讲义，今皆毁弃之矣"。盖不欲佐陆、陈之辩也。今止斋《诗传》方行于世云。建安袁氏申儒为公门人，序其《传》末："止斋实为宁皇旧学，上尝思之，语韩侂胄曰：'陈某今何在？却是好人。'侂胄对上曰：'台谏曾论其心术不正，恐不是好人。'上曰：'心术不正，便不是好人耶！'遂不复召用。"止斋立朝大节俱无愧于师友，至光皇以疾缺北宫礼，其谏诤有古风烈。嘉王之立，止斋以旧学亦有赞策功。厄于韩氏，遂不果大拜云。

宏而不博博而不宏

真文忠公、留公元刚字茂潜，俱以宏博应选。时李公大异校其卷，于文忠卷首批云"宏而不博"，于留卷首批云"博而不宏"，申都台取旨。时陈自强居庙堂，因文忠妻父善相，识文忠为远器，力赞韩氏二人俱置异等。是岁毛君自知为进士第一人，对策中及"朝廷设宏博以取士，今谓之'宏而不博'、'博而不宏'，非所以示天下，然犹置异等，何也"。至文忠立朝，时御史发其廷对日力从臾恢复事，且其父阅卷，遂驳置五甲，勒授监当，后庙堂授以江东干幕。终文忠之立朝，言者论之不已，后终不得起。南岳刘君克庄潜夫以诗悼其亡云："至尊殿上主文衡，岂料台中有异评。后二十年才入幕，隔三四榜尽登瀛。白头亲病终天诀，丹穴雏方隔岁生。莫怪才人多困顿，只缘命不到公卿。"毛策力主恢复，故刘寓微词云。刘诗"登瀛"之句，谓袁蒙斋也。毛流泊以死，真公卒为名卿。留以使酒任气，为言者屡闻，然该敏贯洽，近代相门弟子未有也。文忠初甚与之契，中年对客语留，则愀然不悦。先是永嘉刘锡祖父掩据羲之墨池且百年，后世为仆所发，公断其庐，得池于刘卧内，刘氏遂衰。其临政操断皆类是，故谤者亦不恕。尝得方岩王公简复士人周仪甫书云："纳去茂潜书，虽仪甫不待老夫之祝。茂潜永嘉之政，若干将、莫邪新发于铏，切不可干之以私。"又云："近来墨池事最伟。"

胡 纮 李 沐

初纮试宰，还谒忠定。同时见者，忠定同郡人某，亦赵氏。赵知忠定不事修饰，故易敝巾、垢衫、败屦以见，且能昌诵忠定大廷对策。忠定于稠人中首称之语，且恨同姓同郡而曾未之识。次至纮进，自叙科第尝阶上游，冀里列，忠定愀然曰："若庙堂尽以前名用士，则或非前名与不由科第者，何由进？"神色不接。纮未谒忠定，尝迂道谒考亭先生于武夷精舍，先生待学子惟脱粟饭，至茄熟，则用姜醢浸三四枚共食。胡之至，考亭先生遇礼不能殊。胡不悦，退而语人曰："此非人情，只鸡樽酒，山中未为乏也。"道出衢，从太守觅舟，客次偶与水心先生遇，时犹未第。纮气势凌忽，若宿与之不合者，厉声问先生曰："高姓何里？"先生应之曰："永嘉叶适。"纮又诘之曰："足下何干至此？"先生对曰："亲病求医。"纮笑以手自摇紫窄带，叹曰："此所谓亲病在床，入山采药。"先生怃然，莫知其所以见讶者。会太守素稔先生名，遂命典谒语胡小俟，先请叶学士。即水心。胡尤不平，沐为名臣李公士颖子。李公闲居龟溪，去都最近。沐以大臣子试二令，适从忠定谒告为亲寿，会上亦当遣中使赐药茗，忠定欲荣沐，谕以就持归以谢赐。沐对以"遣使，旧礼也，恐不可以沐人子之荣而废遣使"。忠定不乐，颇以语侵沐。韩侂胄欲图忠定，而莫有助之者，谋之于某官。某语侂胄曰："公留某则可图赵。"韩遂于上前力留之，后竟拜相。某官既为韩留，则力荐纮沐。沐遂诬忠定为不轨。纮代击考亭先生，诬以欧阳公被谤事，又斥其辄废校舍为宅，论水心先生所著《进策君德论》以为无君。纮文逼柳柳州，沐诗文洒脱，著《易》颇契奥旨，其初未必尽出于媚韩也。其积忿嫉者已久，临大议，顷不能平心耳。巩粟齐丰亦以舍选前列，谒丞相京镗，自叙其事。京对巩者，无异于忠定对纮。巩，贤者也，尝叹京言之是，未尝怨尤，惜其不得纮位。近时凌次英以甲科四人偃蹇半世，始得掌故都司，聂善之面戒之云："翌日君谢丞相，但须逊谢垂晚得禄，切不可一字及科第。"居今之世为士大夫者，亦不可不知此。

制科词赋三经宏博

本朝廷对取士,用赋而不示其所自出。省试命题亦然。真宗以"厄言日出"试士于廷,孙何等不究厥旨,赋莫能就,遂昧死攀殿陛而上,请所出与大意。真皇不以为罪,揭示所出及大意,谓"厄,润也"。是岁何为状头。其后诸生上请有司揭示,皆始于此。王安石以三经取士,遂罢词赋,廷对始用策。先是叶祖洽梦神人许之为状头,惟指廷下竹一束,谓之曰:"用此则为状元。"叶不解其意,及用策取士,叶果为首。竹一束,乃策,又梦中神为设狗肉片为状字。定数如此。叶因乡人黄裳劝神宗讲,知上意深喜《孟子》,尝以语叶?故叶对策始终援《孟子》以为说。先是荆国王安石尝赋诗《试闱中》云:"当时赐帛倡优等,今日抡才将相中。"盖已嫉词赋之弊。后因苏子由策专攻上身,安石比之谷永,又因孔常用策力诋新法,安石遂有罢制科之意。哲宗策士,因语近臣曰:"进士试策,文理有过于制科者。"大臣皆熙宁党,遂力主罢制科议。制科词赋既罢,而士之所习者皆三经。所谓"三经"者,又非圣人之意,惟用安石之说以增广之,各有套括。于是士皆不知故典,亦不能应制诰、骈丽选。蔡京患之,又不欲更熙宁之制,于是始设词学科,试以制、表,取其能骈俪;试以铭、序,取其记故典。自南渡以后始复词赋,孝宗始复制策,而词学亦不废。

词　　学

洪氏遵试《克敌弓铭》,未知所出。有老兵持砚水,密谓洪曰:"即神臂弓也。"凡制度、轻重、长短,无不语洪。有司以为神。洪独不记太祖即位之三年作神臂弓以威天下,何耶? 宁皇试宏博之士于类试所,时徐凤少监与今宗簿刘澹然俱试,徐访知主司有欲出《唐历八变序》者,合用一行禅师《山河两界历》以为据。时鲍明法华字瀚之为廷评,明于历学,且朝廷方用以修历。鲍为刘里人,徐谓刘曰:"君盍访鲍借《两界历》吾二人共之。"刘唯唯。翌日访鲍,得《两界历》,具知其详，不复与徐共。及试已迫，徐自访鲍借历，鲍语徐曰："只有一草本，从周刘字。持数日矣。"及试之日，果出《历序》，刘甚得意，自以为即神臂弓比。徐于序末但略云："亦有一行《两界历》，以非正史所载，故不书。"时秘书陈璧阅卷，陈素不习词学，阅刘卷方以独用《山河历》事为疑，又阅徐卷谓"非正史所载"，批刘卷首云："六篇精博，文气亦作者，但不用《山河》《两界》事，似失之赘。"是岁刘、徐俱黜。其后徐又试，六篇俱精诣。《代嗣王谢赐玉带表》用《礼记》"孚尹"二字，以"尹"为平声。凡用经释音，当以首释为证；用史释音，当以末释为证。徐用第二音，故主司疑其平侧失律。然徐非失粘，但用于隔联上一句四字内，亦何伤于音律？主司过矣，公论屈之。余尝访真文忠公，席间偶叩以今岁词学有几人，文忠答以"试者二十人，皆曾来相访。昨某闲教人誊得贡院草卷本出来，内一卷佳甚，且是纯莹。此人如何不来见某？且如《谢赐金水滴砚尺》破题便用'品'字，如此之类，某在试闱考校必是圈出。盖不特此，自是六篇纯莹，天下固有人才"。予谓文忠曰："莫是徐子仪徐字。卷？"文忠曰："文字相似，恐子仪未到这般纯莹处。"揭示，则徐卷也。徐试《三家星经序》备记甘公、巫咸、石申夫岁星顺逆与今红黄黑所圈，主司惊异，已置异等，而末篇赘用《周礼》巫音筮。咸为证，遂申都台付国子监看详。徐、真本共习此科，且同砚席，文忠已中异等，为玉堂寓直，徐三试有司始中。文忠立朝，徐犹为亲奉祠，反为冷官。真出漕江东，徐始得掌故。徐后亦寓直玉堂，官至列监，迟速皆命也。徐奉祖母，孝称于乡，惜乎不及文忠之荣亲云。

武 林 山

予尝考《晋书·地理志》，钱塘县有武林山。《旧图》云在县西十五里，山高九十二丈，周回一十二里，又名曰灵隐。钱塘令刘道真《钱塘记》、太子文学陆羽《灵隐记》、夏竦《灵隐寺舍田记》、翰林学士胡宿《武林寺记》，皆云武林山即灵隐山。《旧图经》云："虎林山，钱塘县旧治之北半里，今钱塘门里太一宫道院高士堂后土阜是也。"《新图经》

云："或云钱塘门里太一宫道院后虎林山，一名武林山，然典籍无所考据。"予尝窃笑《旧图经》既云"有武林山，又名灵隐"矣，又云"钱塘门里有虎林山"，则是武林自为一山，虎林又为一山；城里是虎林，城外是武林。著为《图经》者，未尝知武林避唐讳也。又云西湖其源出于武林山，则正合攻媿"武林山出武林水"矣，不应今城中太一宫有泉通西湖也。《旧图经》皆近之，但以不考避唐讳，未免疑武林、虎林为二山矣。详见于下卷。其事无关于世，故似不必辩。盖太一为圣驾款谒之所，以此资备顾问者。

高宗幸太学

绍兴十四年三月乙巳，高宗祗谒先圣，止辇大成殿门外，降登步趋，执爵奠拜，视貌像翼钦慕。复幸太学，御崇化堂，颁示手诏，示乐育详延之诚意，命国子司业臣阅讲《周易·泰卦》，赐群臣诸生坐听讲说，上首肯者再。复迁玉趾，俯临养正、持志二斋，顾瞻生徒肄业之所，徘徊久之。上之幸斋也，本幸养正斋。养正斋与持志斋相邻，斋生正幸恩典，遂力邀驾幸持志，上怜其意而幸之。自后未幸学之先，上欲幸斋，必预敕斋名，擗截唯谨，恐其复邀驾觊恩也。

中和堂御制诗

中和堂在郡治。建炎三年四月壬戌，高宗幸焉。御制所为诗云："六龙转淮海，万骑临吴津。王者本无外，驾言苏远民。瞻彼草木秀，感此疮痍新。登堂望稽山，怀哉夏禹勤。神功既盛大，后世蒙深仁。愿同越句践，焦思先吾身。艰难务遵养，圣贤有屈伸。高风动君子，属意种蠡臣。"堂北又有清风亭，御书其楹云："斯堂特伟之观，无愧上都。薰风来南，我意虽快，愿与庶人共之。"后因改为伟观。圣意驻跸，决于此诗。

请 斩 乔 相

文忠真公奉使北庭，道梗不得进，止于盱眙。奉币反命，力陈奏疏，谓敌既据吾汴，则币可以绝。朝绅三学主真议甚多，史相未知所决。乔公行简为淮西漕，上书庙堂云云，谓"蒙古渐兴，其势已足以亡金。金，昔吾之仇也，今吾之蔽也。古人唇亡齿寒之辙可覆，宜姑与币，使得拒敌"。史相以为行简之为虑甚深，欲予币犹未遣，太学诸生黄自然、黄洪、周大同、家槟、徐士龙等，同伏丽正门，请斩行简以谢天下。

三 文 忠

欧阳子谥文忠，京丞相镗以善事韩，亦谥文忠。后以公论，谓不宜以谥欧阳者谥镗，初谥文穆。无名子作诗曰："一在庐陵一豫章，文忠文穆两相望。大家飞上梧桐树，自有旁人说短长。"真文忠初谥也，谥议未上，有疑其太过者，欲以王梅溪之谥谥公。公之子志道以"政府祭公文，皆谓公无愧于欧阳，未尝比予父以梅溪也"，政府无复辩，用初谥云。镗后以论者并文穆去之。

天 子 谦

永康之俗，固号耳笔，而亦数十年必有大狱。龙川陈亮既以书御孝宗，为大臣所沮，报罢居里，落魄醉酒，与邑之狂士甲命妓饮于萧寺，目妓为妃。旁有客曰乙，欲陷陈罪，则谓甲曰："既册妃矣，孰为相？"甲谓乙曰："陈亮为左。"乙又谓甲曰："何以处我？"曰："尔为右。吾用二相，大事其济矣。"乙遂请甲位于僧之高座。二相奏事讫，降阶拜甲，甲穆然端委而受。妃遂捧觞歌《降黄龙》为寿。妃与二相俱已次"万岁"，盖戏也。先是亮试南宫，何澹校其文而黜之，亮不能平，遍语朝之故旧，曰："亮老矣，反为是小子所辱！"澹闻而衔亮，未有间。

时澹已为刑部侍郎，乙探知其事，遂不复告之县若州，亟走刑部上首状。澹即缴状以奏，事下廷尉。廷尉，刑部属也，笞亮无全肤，诬服为不轨。案具，闻于孝宗，上固知为亮，又尝阴遣左右往永康，廉知其事。大臣奏入取旨，上曰："秀才醉了胡说乱道，何罪之有？"以御笔画其牍于地。亮与甲俱掉臂出狱。居无几，亮又以家僮杀人于境外，适被杀者尝辱亮父，其家以为亮实以威力用僮。有司笞榜，僮气绝复苏者屡矣，不服。仇家置亮父于州圄，又嘱中执法论亮情，重下廷尉。时王丞相淮知上欲活亮，以亮款所供尝讼僮于县而杖之矣。仇家以此尤亮之素计，持之愈急，王亦不能决。稼轩辛公与相婿素善，亮将就逮，亟走书告辛。辛公北客也，故不以在亡为解，援之甚至，亮遂得不死。时考亭先生、水心先生、止斋陈氏俱与亮交，莫有救亮迹。亮与辛书，有"君举吾兄，正则吾弟，竟成空言"云。骊塘危公尝语予曰："罗枢密点自西府归里，有里人从容扣罗公曰：'吾有疑于公者，蓄而不敢白者有年。公今容某白其疑，可乎？'罗公曰：'言之何伤？'其人曰：'以某观公，平生未尝妄行一步。公为从官时，天夜大雪，某醉归见公以铁拄杖拨雪，戴温公帽，丁屦微有声，吾醉不敢与公揖。后有苍奴佩篋，苍奴亦吾所识，为公奴。吾固醉，以为误认公，则不可。'公笑曰：'子之言与所见，是未尝醉也。陈同父亮字。狱事急，吾未尝识之，怜其才援之驶手，篋内皆白金也。同父死矣，吾故因子问而发之。'"

华　子　西

华岳字子西，右庠诸生，以武策擢第。为人轻财好侠，未第时以言语为韩氏所贬，置建宁圄土中。投启建守傅公伯诚，公怜之，命出入毋系。又以诋触李守伯珍，名大异。复置圄。有诗自号《翠微南征集》。韩诛，华放还，复籍于学，因擢第为殿前司官属。华郁然不得志，有动摇大臣意。史命殿前卒围其屋，逮岳，犹呼岳至庭下，曰："我与尔有何怨尤，而欲相谋？"岳但对未尝有是。史命拽之赴京兆狱，狱具，坐议大臣当死。史持牍奏宁皇。上知岳名，欲活之。丞相进而告上曰："是欲杀臣者。"上曰："教他去海南走一遭便了。"初以斩罪定刑，史对上曰："如此，则与减一等。"上不悟，以为减死一等，故可其奏。岳竟杖死于东市。岳倜傥似陈亮，惜乎不善用也。狱事稍涉袁公蒙斋，史不问。

刘 三 杰 扶 陛

刘三杰，衢人也，与韩氏有故。用为太守，朝辞宁宗，刘有疣疾，伛偻扶陛槛以下。上目之震怒，手自批出："刘三杰无君，可议远窜。"韩为上前救解，竟免所居郡，斥三秩云。

请 斩 秦 桧

胡忠简公铨以枢掾"请诛秦桧以谢天下，请竿王伦之首以谢桧，斩臣以谢陛下"，奏稿本。高宗震怒，以为讦讦，欲正典刑。谏者以陈东启上，上怒为霁，遂贬胡儋耳。胡之州里竟传公已诛死，独有一卜者谓公命当阶政府，必不死。又揭榜通衢，以验他日，人皆目为狂生。先是敌入中原，朝廷议割四镇不决，敌骑奄至，钦宗呕引从臣入内问计，伦遂窜名缀从臣直前，乞上早戒严。上惊问曰："尔谓谁?"伦对上以"臣乃咸平宰相王旦孙"。上知为旦孙，故置不问。忠肃刘公珙以其材荐之高宗，故用以奉使。铨疾其从敌人贬号之议，故请斩之，非疾和议也。胡公南归，孝宗嘉叹，置之经筵，欲大用之，惜其已老。公封事未达北庭，间者募以千金，及敌得副本，为之动色，益知本朝之有人，由是和议坚矣。

请 斩 赵 忠 定

忠定去国，药局赵师劢上书宁皇，请斩忠定以谢天下，盖欲媚韩也。忠定之事既白，后溪刘左史光祖适帅荆、襄，辟公之子崇模为机幕。刘公未知师劢事，先辟其弟某。崇模与危公桢为同年，嘱危草笺以谢刘公云云，"今闻其弟之当来，欲使为寮而并处。念交游之仇不同国，而况天伦？无羞恶之心则非人，是乖风教。故胜母之里不可入，迫人之驿不可居。岂容同堂合席之至欢，乃有操戈入室之遗类？纵罪不相及，然水中之蟹且将避之；倘机或未忘，则海上之鸥不当下矣。窃谓父子之间，宁间于存殁；宾主之际，则在于从违。且昔辱甄收，本见齿忠臣之后；若今惟苟合，是玷名恶子之中。得士如斯，在公焉用？"刘公得崇模笺，愕置几上，即草檄勒回师劭弟。请斩忠定，师劭也，其弟固不预，崇模义不得与之同游。《颜氏家训》述卢氏事，子弟固能累父兄，父兄亦能累子弟云。

九里松用金字

或问予曰："今九里松一字门扁，吴说所书也，字何以用金？"予谓之曰："高宗圣驾幸天竺，由九里松以入，顾瞻有扁，翌日取入，欲自为御书黼黻湖山，命笔研书数十番，叹息曰：'无以易说所书也！'止命匠就以金填其字，复揭之于一字门云。"

寿星寺寒碧轩诗

东坡既赋"寒碧"之句，吴氏说能草圣，行书尤妙，尝书坡句于寺之粲壁。高宗命使诏僧借入宫中，留玩者数日，复命还赐本寺。说字画遇际圣君如此。

夏执中扁榜

今南山慈云岭下地名方家峪，有刘婕好寺。后赠贤妃。泉自凤山而下，注为方池，味甚甘美。上揭"凤凰泉"三字，乃于湖张紫薇孝祥所书。夏执中为后兄，俗呼为"夏国舅"，偶至寺中，谓于湖所书未工，遂以己俸刊所自书三字易之。孝宗已尝幸寺中，识孝祥所书矣，心实敬之。及再驾幸，见于湖之扁已去，所易者乃执中所书。上不复他语，但诏左右以斧劈为薪。幸寺僧藏于湖字故在，诏止用孝祥书。今复揭执中字。

三　省

嘉定重修都台既成，旨许士民入视，凡三日。骊塘危公稹时为秘书，约予俱入。既出，则问客曰："凡厅治皆南面，惟都台则宰相坐东面，参枢皆西面，此何典也？"坐客有言太宗尝为中书令，既已庙坐，后人遂不敢专席者；又谓三省旧在内中，不敢上拟南面者；又谓宰相庙坐则参枢不宜列坐者。危公以其无据，出于臆说，而不大释然。予年最卑，公视予曰："贤良独不言乎？"予谢其问而对曰："熙宁官制既改，三省长官皆视事南向，余官遂从两列，恐当以此为据。"危公谓予曰："子得之矣。"

南屏兴教磨崖又有小南屏山与南屏轩。

今南屏山兴教寺磨崖《家人卦》、《中庸》、《大学》篇，司马温公书，《新图经》不载。钱塘自五季以来，无干戈之祸，其民富丽，多淫靡之尚。其于齐家之道或缺焉，故司马书此以助风教，非偶然书之也。今南屏遂为焚樵之场，莫有登山摩挲苔石者。

天　竺　观　音

孝宗即位之初，出内府宝玉三品置于天竺寺观音道场。明年御制赞曰："猗欤大士，本自圆通。示有言说，为世之宗。明照无二，等观以慈。随感即应，妙不可思。"上之博通内典如此。

易安斋梅岩亭

光尧亲祀南郊，时绍兴二十五年也。御书于郊坛易安斋之梅亭云"谒欸泰坛"。因过易安斋,爱其去城不远,岩石幽邃,得天成自然之趣,为赋《梅岩》云:"怪石苍苔映翠霞,梅梢疏瘦正横斜。得因祀事来寻胜,试探春风第一花。"孝宗时在潜邸,恭和圣作云:"秀色环亭拥雾霞,修□今上嫌讳。冰艳数枝斜。东君欲奉天颜喜,故遣融和放早花。"此真古今所未见,岩石何其幸欤!光尧尝问主僧曰:"此梅唤作甚梅?"主僧对曰:"青蒂梅。"又问曰:"梅边有藤,唤作甚藤?"对曰:"万岁藤。"称旨,赐僧阶。上尝拂石而坐,至今谓之"御坐石"。

五 丈 观 音

观音高五丈,本日本国僧转智所雕,盖建隆元年秋也。转智不御烟火,止食芹蓼;不衣丝绵,尝服纸衣,号"纸衣和尚"。高宗偕宪圣尝幸观音所,宪圣归,即制金缕衣以赐之,及挂体,仅至其半。宪圣遂遣使相其体,再制衣以赐。

柳洲五龙王庙

出涌金门入柳洲,上有龙王祠。开禧中,帅臣赵师𥌎重塑五王像,旒冕珪服毕具。其中三像,一模韩侂胄像,二模陈自强像,三模师𥌎像。时韩、陈犹在,台臣攻师𥌎,唯于疏中及师𥌎自貌其像,不敢斥韩、陈云。至今犹存,未有易之者。过此皆不识三人者,恐未必以予言为信而易之。然师𥌎论疏可考也。

张 司 封 庙

庙号昭贶,即景祐中尚书兵部郎张公夏也。或作"兵部史",碑又作"太常",祀典作"工部员外",俗呼"司封"。夏字伯起,景祐中出为两浙转运使。杭州江岸率用薪土,潮水冲击,不过三岁辄坏。夏令作石堤一十二里,以防江潮之害。既成,州人感夏之功,庆历中庙于堤上。嘉祐□年十月,赠太常少卿。政和二年八月,封宁江侯,改封安济公,并赐今额。

绍熙十四年增"灵感"字,绍兴三十年增"顺济"字。予以本末考之,初无神怪之事。今临安相传以伯起治潮三年,莫得其要领,不胜恓愤,尽抱所书牍自赴于江,上诉于帝,后寓于梦,继是修江者方得其说,堤成而潮亦退,盖真野人语也。江之所恃者堤,安有伯起不知以石代薪土之便,功未及成,效匹夫沟渎之为? 此身不存而凭虚忽之梦以告来者,万一不用其梦,患当何如? 是尚得生名之智、殁谓之神乎? 沿江十二里,要是上至六和塔,下至东青门,正觊所筑堤。今顾逶之钱王,则尤缪矣。

忠　勇　庙

庙在九里松,故步军司前军统制张玘绍兴三十二年从张子盖解海州围,玘用命战没,奉旨赠清远军承宣使,仍于本寨门首建庙,赐号"忠勇"。乾道元年,步帅戚方所建。

忠 清 庙 制 词

显仁太后龙辒将渡会稽,上圣孝出于天性,预恐风涛为孽,遥于宫中默祷忠清庙。及篙御既戒,浪平如席,上命词臣行制词以封之,曰:"追惟文母,将祔裕陵。闷殿告成,容车将发。奈以大江之阻,具形群辟之忧;既竭予诚,亟孚神听。某王一节甚伟,千古如存。帖然风涛,既赖幽冥之相;焕乎天宠,用昭崇极之恩。尚绥于四方之民,以绵尔百世之祀,可特封忠壮英烈威显王。"盖于旧号四字上加"忠壮"二字。

径 山 大 慧

大慧名妙喜。张公九成字子韶,自为士时已耽释学,尝与妙喜往来,然不过为世外交。张公自以直言忤秦桧,桧既窜斥张公,廉知其素所往来者,所善独妙喜,遂杖妙喜背,刺为卒于南海。妙喜色未尝动。后桧死,孝宗果放还,复居径山。有劝之去其墨者,妙喜笑拒不答。孝宗怜而敬之,宠眷尤厚,赐金钵、袈裟,舆前用青盖,赐号"大慧"。言者列其宠遇太过。高宗既御北内,得以游幸山间,以妙喜故,赐吴郡田万亩。驾幸越二年,始建龙游阁。

宏　　词

嘉定间未尝诏罢词学,有司望风承意太过,每遇群试,必摘其微疵,仅从申省,予载之详矣。水心先生著为《进卷外稿》,其论宏词曰:"宏词之兴,其最贵者四六之文。然其文最为陋而无用。士大夫以对偶亲切、用事精的相夸,至有以一联之工而遂擅终身之官爵者。此风炽而不可遏七八十年矣,前后居卿相显人、祖父子孙相望于要地者,率词科之人也。既已为词科,则其人已自绝于道德性命之本统,以为天下之所能者尽于区区之曲艺,则其患又不止于举朝廷高爵厚禄以予之而已。盖进士等科,其法犹有可议而损益之,至宏词,则直罢之而已矣。"先生《外稿》盖草于淳熙自姑苏入都之时,是书流传则盛于嘉定间。虽先生本无意于嫉视词科,亦异于望风承意者,然适值其时,若有所为。文忠真公亦素不喜先生之文,盖得于里人张彦青之说,以先生之文失之支离。文忠得先生《习学记言》观之,谓"此非记言,乃放言也,岂有激欤"?水心先生之文,精诣处有韩、柳所不及,可谓集本朝文之大成者矣。文忠四六,近世所未见,如史相服阕,加官制词云:"素冠栾栾,方毕三年之制;赤舄儿儿,爱新百揆之瞻。"又谓史相云:"陈平之智有余,萧相之功第一。"戒词云:"天难谌斯,当毋忘惟几惟康之戒;民亦劳止,其共图既富既庶之功。"《抚谕江西寇曲赦诏》,其中一、二联云:"自有乾坤至于今日,未闻盗贼可以全躯。"又曰:"弄潢池之兵,谅非尔志;焚昆冈之玉,亦岂予心。"又行永阳郡王制词云:"若时懿属,可恨彝章,其登公朝位棘之尊,仍疏王社苴茅之贵。"盖文忠既入札庙堂,谓二恩恐不得而兼,故致微词云。

文忠答赵履常

文忠真公尝与赵公汝谈相晤，赵公启文忠曰："当思所以谋当路者，毋徒议之而已。"文忠答以"公为宗国，固当思所以谋。如某不过朝廷一议论之臣尔"。赵公自失。予以谓此亦文忠本心。嘉定初，文忠语予曰："他年某极力只做得田君贶人物，若范文正公，则非所敢望矣。至中年而后，则又以文正自任。"先是嘉定初与予论理学，则曰："某与兄言，只是论得个皮肤，如刘静春却论到骨髓。俟某得山林静坐十年，然后却与兄论骨髓。"其后公闲居十年，而朝夕常反覆议论者，独有静春乃大不合。岂公之学力，已异于嘉定之初耶？

徐竹隐草皇子制

宁皇立皇子洵，时上春秋犹盛。竹隐徐似道行制词内二句云："爰建神明之胄，以观天地之心。"真学士也，其意味悠长矣。

昆 命 于 元 龟

宁皇嘉定初拜右相制麻，翰林权直陈晦偶用"昆命于元龟"事。时倪文节公思帅福闽，即束装奏疏，谓"哀帝拜董贤为大司马，有'允执其中'之词，当时父老流涕，谓汉帝将禅位大司马"。宁宗得思疏甚骇，宣示右相。右相拜表，以为"臣一时恭听王言，不暇指摘，乞下思疏以示晦"。晦翌日除御史，遂上章遍举本朝自赵普而下，凡拜相麻词用元龟事至六七，且谓"臣尝学词科于思，思非不记，此特出于一旦私愤，遂忘故典。以藩臣而议王制，不惩无以示后"。文节遂不复敢再辩，免所居官。陈与真文忠最厚，盖辩明故典，颇质于文忠云。

考　亭

考亭先生《赋武夷大隐屏》诗云："瓮牖前头大隐屏，晚来相对静仪形。浮云一任闲舒卷，万古青山只么青。"五峰胡氏得其诗而诵之，谓南轩张敬夫曰："佳则佳矣，惜其有体而无用。"遂自为诗以遗考亭先生，曰："幽人偏爱青山好，为是青山青不老。山中出云雨太虚，一洗尘埃青更好。"胡公铨以诗荐先生于孝宗，召除武学博士，先生不拜。盖先生之意，以谓胡公特知其诗而已。门人以"考亭"号先生，世少知其然者。亭为陈氏所造，本以置其父之樣，葬毕因以为祀茔之所，题曰"考亭"。其后亭归于先生，以"考亭"于己无所预，遂因陈姓易名曰"聚星"，参取《汉史》、《世说》陈元方事，事为一段，段为一图，揭之于亭。而门人称"考亭"之号已久，终不能遽易。故今称先生皆以晦庵、晦翁，而"考亭"之称亦并行云。先是先生本字元晦，后自以为元者乾，四德之首也，惧不足当，自易为仲晦。然天下称元晦已久，至今未有称仲晦者。文忠真公字景元，攻媿从容问公曰："何以谓之景？"公对以"慕元德秀，故曰景元"。攻媿曰："误矣。"取《毛诗》"高山仰止，景行行止"注文以示公，曰："景，明也。诗人以明行对高山，则景不可以训慕。"遂为公易曰"希元"，然天下亦称"景元"者已久，至今亦未有称为"希元"者。文中子弟绩字无功，子曰："神人无功，非尔所及也。"终身名之。考亭先生不敢以"元"为字，盖本于此。

洪　景　卢

洪忠宣公以苏武节为秦桧所忌，孝宗怜之。其子迈以宏博中选，历官清显。孝宗有意大用，廉知其子弟不能遵父兄之教，恐居政府则非所以示天下，故特迟之。洪公每劝上早谕庄文，上为首肯。间因左右物色洪公子政饮娼楼，上亟命快行宣谕洪公云："也请学士时洪为知制诰。教子。"快行言讫，无他诏。洪惊愕莫知其端，但对使唯唯奉诏，退而研其子所如往，方悟上旨，遂抗章谢罪求去。归番阳，与兄丞相适酬唱觞咏于林壑甚适。偶得史氏琼花,种之别墅,名曰"琼野",楼曰"琼楼",圃曰"琼圃"。史氏欲祈公异姓恩泽,不从。史氏遂讦公以"琼瑶者,天子之所居,非臣子所宜称"。公不为动,则伏阙进词,诣台诉事,因为言者所列。文人稍欲吟咏题品,而人即毁之,至不复迁政府,亦命矣。

赵忠定抢才

忠定季子崇实间因与予商榷骈俪,以为"此最不可忽,先公居政府,间以此观人,至尺牍小简亦然,盖不特骈俪。或谓先公曰:'或出于他人之手,则难于知人矣。'先公:'不然,彼能倩人做好文字,其人亦不碌碌矣。'此先公抢才报国之一端也"。崇实为相家贤胄,游京幕为元僚,有隽声,而诚实出于天性,真称其名。惜乎天不假年云。

太学诸生置绫纸

郑昭先为台臣,倏当言事月,谓之月课。昭先纯谨人也,不敢妄有指议,奏疏谓京辇下勿用青盖,惟大臣用以引车,旨从之。太学诸生以为既不有青盖,则用皂绢为短檐伞,如都下买冰水担上所用,人已共嗤笑。逻者犹以为首犯禁倏,用绳系持盖仆,并盖赴京兆。时程覃实尹京,遂杖持盖仆。翌日诸生群起伏光范,诉京兆。时相戒阍者或受谒,诸生至诣阙诉覃。覃亦白堂及台自辩,诸生攻之愈急,至作为《覃传》云:"程覃字会元,一字不识,湖徽人也。""湖徽"者,覃本徽出,寓居于湖。俗谚以中无所有而敢于强聒谓之"胡挥"。时相以为"前京兆赵师𥇍既因槚楉斋生罢去,亦诸生所诉也,既罢一京兆矣,其可再乎?且挞仆与挞生徒孰重孰轻?诸生得无太恣横!"坚持其议,不以诸生章白上。诸生计既屈,遂治任尽出太学置绫卷于崇化堂,皆望阙遥拜而去。云散雾裂,学为之空。观者惊恻,以为百年所未尝有。会永阳郡王杨次山本右庠经武诸生,偶遣馈旧同舍,介者寂无所睹,复持以归,白王以两学俱空。王遣二子往廉其事,具得实,因慈明启于上。上即御批令学官宣谕诸生亟就斋,免罥所居官,仍为农卿,诸生奉诏唯谨。先是时相恶其动以扫学要朝廷,遂诵言"诸郡庠生有职事者,或白首不敢望太学一饭,此极可念。若诸生纳绫卷而去,当以诸郡庠职事补其阙"。生徒闻其说而止。史相虽以计定诸生,未必真出于此。以予观诸郡庠,极有遗才。三岁大比,当令州郡荐其绝出者于太学云。罥于宦业无显过,盖善人也。皂盖一事合申庙堂,当来台臣只乞禁青盖,今诸生用短檐皂伞,未知合与不合,更乞朝廷明降指挥以凭遵守。若朝廷有旨亦不许用皂盖,而诸生犹故用之,则宜移文司成议诸生罪,为善于处置矣。时即有轻薄子故为一绝落韵诗云:"冠盖如云自古传,易青为皂且从权。中原多少黄罗伞,何不多多出赏钱。"

心之精神是谓圣

慈湖杨公简参象山学犹未大悟,忽读《孔丛子》,至"心之精神是谓圣"一句,豁然顿解。自此酬酢门人、叙述碑记、讲说经义,未尝舍心以立说。慈湖尝为馆职,同列率多讥玩之,亦有见其诚实而不忍欺之者。

郑节使酒过

臣寮论列郑节使兴裔使酒尚气,政事卤莽。光宗谕言者曰:"台谏之职固在风闻,然亦须得其仿佛。兴裔戚里,朕向在东宫屡与之同侍内宴,涓酒不能受,闻酒气辄呕,安在其为使酒也?"言者惭惧而退,随有旨予外。

史越王表

越王自草表,中自序云:"逡巡岁月,七十有三。"而未得所对。有客以今余大参父不记名。能四六为荐者,越王召见,试以表中语,俾为属对。余应声曰：“此甚易。以‘补报乾坤，万分无一’为对足矣。”越王大加赏识。今《四六语》中载越王表语而不及余，非越王不没人善之意也。或云与吕申公遗表同。

杨 和 王 相 字

杨王沂中闲居微行，遇相字者。相者以笔与札进，杨王拒之，但以所执拄杖大书地作一画。相者作而再拜曰：“阁下何为微行至此？宜自爱重。”杨愕而诘其所以。则又拜曰：“土上作一画，乃王字也，公为王者无疑。”杨笑，遂用先所进纸批缗钱五百万，仍用常所押字命相者翌日诣司帑者征取。相者翌日持王批自言于司帑云：“王授吾券，征钱五百万。”司帑老于事王者，持券熟视久之，曰：“尔何人？乃敢作我王赝押来脱钱！吾当执汝诣有司。”相者初谓司帑者调弄之，至久色不变，相者始具言本末，且以为“真王所书，且吾安敢伪？”司帑坚谓“我主押字，我岂不认得？”相者至声屈，冀动王听。王居渠渠然，声不达。王之司谒与司帑同列者，醵金五十缗与相者。相者持金大怃，痛骂司帑者而去。王间因金押支用历，既金押，司帑者乘间白曰：“恩王前日曾批押予相字者钱五百万，有之乎？”王曰：“是，是。这人是神相，汝已支与他了？”司帑进曰：“某以非恩王押字拒之，众人打合五十千与之去矣。”王惊曰：“汝何故？”司帑曰：“不可。他今日说是王者，来日又胡说增添，则王之谤厚矣。且恩王已开社矣，何所复用相？”王起而抚其背，曰：“尔说得是，说得是，说得是！”就以予相者钱五百万旌之。

朱 赵 谥 法忠定遗集其家欲以“庆元丞相集”为目，以庆元不一相，故未定。

本朝士大夫以忠节致死者，俱与谥法有“愍”字。赵忠定当谥“愍”，其家子弟自列于朝，谓“愍”之一字实不忍闻，遂易谥“定”字。考亭先生太常初谥“文正”，考功刘公弥正覆谥，谓先生当继唐韩文公，又尝著《韩文考异》一书，宜特谥曰"文"，且谓"本朝前杨亿，后王安石，虽谥曰'文'，文乎？岂是之谓乎？"旨从之。自后议诸贤谥，自周元公以下，俱用一字矣，如程正公、吕成公之类。

卷二　乙集

高　宗　驻　跸

高宗六飞未知所驻，尝幸楚，幸吴，幸越，俱不契圣虑。暨观钱塘表里江湖之胜，则叹曰："吾舍此何适！"时吕公颐浩提师于外，以书御帝曰："敌人专以圣躬为言，今驻跸钱塘，足以避其锋、伐其谋。"近名公谓士大夫溺于湖山歌舞之娱，皆秦桧之罪。桧之罪在于诛名将，窜善类，从臾贬号，遣逐北人；若奠都之计，盖决于帝而赞成于颐浩也。或谓徽宗尝寤钱王而诞高宗，盖因定都从而附会云。

武　　林

武林本曰虎林，唐避帝讳，故曰武林，如以"玄虎"为"玄武"之类。山自天目而来，为灵隐后山，顿伏至仪王墓后，若虎昂首，额下石隐隐有斧凿痕。故老相传以为太祖，又以为徽宗用望气者之言凿去虎额，又谓高宗尝占梦为虎所惊，因凿焉，未知孰是。今竹宫有小山曰武林，道士作亭其上，环以花竹，盖因一小土阜为之，非武林也。道士易如刚间因攻媿楼公斋宿，丐诗以咏其亭。诗中用事最为精博，曰："武林山出武林水，灵隐后山毋乃是。此山亦复用此名，细考其来真有以。"盖灵隐之山，即武林之山；冷泉之水，即武林之水。谓"此山亦复用此名"，则竹宫培塿之土，非武林明矣。老笔殊使人畏也。末章乃谓钱氏凿井，建缁黄庐以厌王气，疑此山为武林余脉，是又收拾人情之论，当以前章为正云。

武　　林

考亭先生得友人蔡元定，字季通，号西山。而后大明天地之数，精诣钟律之学，又讳之以阴阳风水之书。先生信用蔡说，上书建议，乞以武林山为孝宗皇堂，且谓会稽之穴浅粗而不利，愿博访草泽以决大议。其后言者谓先生阴授元定，元定亦因是得谪云。辨正在丁集"党议"。

钱　　塘

龙川陈氏亮字同甫，天下士也。尝圜视钱塘，喟然而叹曰："城可灌尔。"盖以城中地势下于西湖也。亮奏书孝宗，谓："吴蜀，天地之偏气也；钱塘，又吴之一隅也。一隅之地，本不足以容万乘，镇压且五千年，山川之气，发泄而无余。故谷粟、桑麻、丝枲之利，岁耗于一岁，禽兽、鱼鳖、草木之生，日微于一日，而上下不以为异。"力请孝宗移都建邺，且建行宫于武昌，以用荆、襄，以制中原。上韪其议，使宰臣王淮召至都省问下手处。陈与考亭游，王素不喜考亭，故并陈而嫉之。陈至都省，不肯尽言，度尽言亦未必尽复于上。翌日上问以亮所欲言者，王对上曰："秀才说话耳。"上方鄙远俗儒，遂不复召见。时两学犹用秦桧禁，不许上书言事。陈尝游太学，故特弃去，用乡举名伏丽正门下。王又短之，以为欺君。故迁都之议，为世迂笑。至于今日，亮得以迂笑议己者于地下矣。

洛　　学

淳熙间，考亭以行部劾台守唐氏，上将置唐于理。王与唐为姻，乃以唐自辩疏与考亭章俱取旨，未知其孰是。王但微笑，上固问之，乃以"朱程学，唐苏学"为对，上笑而缓唐罪。时上方崇厉苏氏，未遑表章程氏也，故王探上之意以为解。考亭上书力辩以谓，至以臣得于师友之学以中伤，不报，故终王之居相位，屡召不拜。考亭之子在，趋媚时好，遂阶法从，视其父忤淮者异矣。予尝与闽士同舟，相与叹息在之弗绍，且谓在尽根尽骨卖了武夷山。闽士谓予曰："子之乡囊，只是卖了一座武夷山；我之乡囊，却卖了三座山。""三座山"盖指三山，"乡囊"谓梁成大也。程源为伊川嫡孙，无憀殊甚，尝鬻米于临安新门之草桥，后有教之以干当路者。著为《道学正统图》，自考亭之后剿入当路姓名，遂特授初品，因除二令，又以轮对改合入官，迁寺监丞。伊川、考亭扫地矣。诸学子孙惟吕氏未坠，成公犹子康年甲戌廷对，真文忠欲置之状头。同列以其言中书之务未清，恐触时政，文忠固争不从，遂自甲置乙。文忠尝出其副示予，相与叹息。公辍俸，命书市刻之。

吴 云 壑

四明高氏似孙号疎寮，由校中秘书授徽倅。道出金陵，投留守吴公踞号云壑，字居父。以诗，曰："四朝渥遇鬓徽丝，多少恩荣世少知。长乐花深春侍宴，重华香暖夕论诗。黄金籯满无心爱，古锦囊归有字奇。一笑难陪珠履客，看临古帖对梅枝。"公之客曰储用、项安世、周师稷、刘翰、王辉、王明清，晚得王大受，辍子侄官授之。凡游从皆极一时之彦。公无他嗜好，居近城与东楼平，光皇为书扁以赐，不名其名而名其官。楼下设维摩榻，尤爱古梅，日临钟、王帖以为课，非其所心交，足迹不至。此高氏独知其详，故落句及之，亦精于所闻矣。公所居，予旧游也，自厅事侧梯东楼，楼下以半植镇安旌节，半为燕坐处。楼相直有亭，仅着宾主四人，因城叠石曰"南麓"。麓后高数级，登汲于瓮，泄之以管，淙淙环珮声入方池。池方四五尺，画☰于扁。自麓之后，登城为啸台。下有堂依城南，榜曰"读书台"，有级可下。又自台入洞门，依雉堞有平地可坛，圜植碧桃，有石可棋与坐。自西行，有迳亭曰"物表"，亦光皇赐扁，面直吴山。又曲折旁转，入荼蘼洞，茅顶而圆，内揭以镜，曰"定庵"，与僧智彬语达摩学则至。大抵地仅寻尺，而藤蔓联络，花竹映带，乌啼鹤唳，寂如山林。公野服尘斧，大绦蒲履，徜徉其间，望之者疑为仙云。公为宪圣犹子，以词翰被遇孝宗。宪圣殿洛花盛开，必召诸子侄入侍。孝宗万几之暇，即命中使召公论诗作字而罢，故疎寮领联及之。时琚已为直学，赵欲待以真学士，吴亦不难之。宪圣既御帘政，赵公汝愚为相，欲公出入通宫禁庙堂之意。公冀重体貌，求慈福宫使，又求提举中秘书，赵公俱难之。赵旋物色韩侂胄，宪圣表孙也。侂胄奉赵命惟谨，虽一秩不以请。赵公喜其奔走小忠，不知堕其计，反浸疎公。侂胄知上之信用王德谦也，阳与之为义兄弟，相得欢甚。一日谓德谦曰："哥哥有大勋劳，宜建节钺。"王曰："我阉官也，有此例乎？弟弟勿误我！"侂胄曰："已奏之上，行且宣麻矣。"王唯唯，以为疑。何澹时为中丞，侂胄密谕之曰："德谦苦要节钺，上重违之，已草制，宣中丞宜卷班以出。"翌日廷播，何悉如所教，继即合台疏德谦罪，乞行窜殛。德谦犹持侂胄以泣曰："弟弟误我。"侂胄徐谓曰："哥放心，略出北关数里，便有诏追，只俟罢了何中丞耳。"德谦犹信其说，拜而嘱之，竟死贬所。何遂迁政府，侂胄盖尝许之也。德谦既逐，自此内批侂胄皆自为之矣。谏大夫李沐诬赵不轨，韩实嗾之。李初未知所决，谋之倪公思，公曰："莫若并赵、韩俱论之。"李为韩侂婿，故特论赵。贬赵制词乃傅伯寿所草，韩亦先啗之以美官。词曰："屈牦与广利妄议，武帝戮之于事闻之初；林甫辅明皇不忠，肃宗诛之于论定之后。是皆宗室之为相，卒蹈谴诃而置刑。"盖窃东坡惧吕惠卿故智也。赵听制，手持象简不知轻重云。制中又有"谋动干戈而未己"与"外欲生事外裔而开边境之衅"，盖秦桧欲胁君固宠金人，又藉之以坚和好，盟书所载，不许以无罪去首相，故诬以兵云。赵偕犹子崇宪赴贬，自辞家，在途垂殁，悔不用吴。盖吴旧交者，石湖范公、三山凌公、止斋陈公，惜名畏义出于天性，必不出于侂胄所为。赵公舍宫使提省之职，亦岂无以处吴者。予闻吴氏之说犹未之悉，及会余干赵氏于真西山粤岩书院，西山之子娶赵氏，赵氏之说皆与吴合，其家至今犹追悔前事。呜呼，天将成忠定之名耶？予得疎寮真迹，至今藏之。时吴公已为开府，而疎寮诗卷首称之曰"仪同"。予编官制无此，又恐其考古必有据，及遇其子历，乃知其曾祖讳开。以祖讳而改官称，可乎？惧此诗他时流落，或者以高氏为信。

赵 忠 定

先是考亭先生尝劝忠定既已用韩,当厚礼陈谢之,意欲忠定俟以节钺,居之国门外。忠定犹豫未决而祸作。先生对门人曰:"韩,吾乡乳母也,宜早陈谢之。"建俗用乳母乳其子,初不为券,儿去乳即以首饰金币厚遣之,故谓之陈谢。韩后闻其说,笑建俗而心肯焉,故祸公者差轻。嘉定初号为更化,先生之子在,乃谓公尝草数千言攻韩之恶,疏未上,门人蔡元定持著以入,卜得遁卦,力止先生勿上。同时杨公诚斋之子长孺,谓其父因韩用兵,忧愤殊甚,遗书数千言,至以稿上。杨公既致为臣而归,虽不言事可,诚有所论,何为中辍?非二父之志也。元定盖先生友,亦非门人云。

吴 云 壑

宪圣既御帘政,则戒公曰:"垂帘非我志也,不比大哥在时。谓孝宗。汝辈自此少出入,庶免干预内廷之谤。"其严待家人如此,谓之以"圣",宜哉。

又

孝宗笃眷公,情均兄弟。自论诗、作字、击球之外,未尝访以外事,咨以国政,问以人才,公亦未尝对上及之也。君臣之间两得之。

高宗御书石经

高宗御书六经,尝以赐国子监及石本于诸州庠。上亲御翰墨,稍倦,即命宪圣续书,至今皆莫能及。

光 皇 御 制

孝宗崇宪圣母弟之恩，故称琚兄弟皆以位曰"哥"。至光宗体孝宗之意，故称琚兄弟曰"舅"。琚尤圣眷，后苑安榴盛开，光皇以广团扇自题圣作二句，曰："细叠轻绡色倍酽，晚霞犹在绿阴中。"命琚足之。公再拜，援笔即书，曰："春归百卉今无几，独立清微殿阁风。"上称叹者久之。宪圣于二王中独导孝宗以光皇为储位，故公落句有独立之咏，寄意深矣。团扇犹藏其家，又有石刻，火后俱不存云。

三 王 得

三王得不知何许人，亦无姓名。带杭音，额角有刺字，意拣罢军员也。头蓬面垢，或数日不食，莫迹其止宿。包道成尝与之共衾，谓其体壮热如伤寒，道成汗而异衾。人即之，或咄咄秽骂，至以瓦砾诟群儿。予尝呼之，但正目以视，邈无所言。光宗始开王社，位为第三，孝宗储副之位未知孰授。一日三王得于道中前邀王车，卫者拽之，王问谓谁，但连称"三王得，三王得"，王悟其兆，纵使去。既即大位，命入中禁赐命，不拜而出。道遇与之钱者，亦无所谢云。

清 湖 陈 仙

今所请仙，盖小陈也。光皇为储副日久，遣黄门召其父以入，上著白绢汗衫，系小红绦，见陈入避之。徐遣召陈黄门设香案，金屈卮酒，金楪贮生果三饤，炷香焚所问状。仙遂降于箕，书光皇以某年某月日即大位。黄门持以入，出则就以酒劳陈，且赠金帛遣出，戒以归勿语。后果如所定。光皇又遣使召陈，陈以近日仙不降为辞，恐蹈阇上之罪。不期年，光宗得疾，盖陈已前知于仙矣。陈兄弟能致仙，有奇验，类皆如此，特不灵于予。他事不系于国，故不书。

乌　髭　药

光皇春秋已富，又自东宫尹天府入侍重华，从容启上曰："有赠臣以乌髭药者，臣未敢用。"上语光皇曰："正欲示老成于天下，何以此为？"盖重华方奉德寿，重惜两宫之费，故至德寿登遐而后即授光皇以大位。其脱屣万乘，盖有待也。

光　拙　庵

孝宗晚慕达摩学，尝召问住静慈僧光曰："佛入山修道六年，所成何事？"光奏云："臣将谓陛下忘却。"颇称旨。光意盖以孝宗即佛，又焉用问。禅门葛藤亦有可笑者。东坡尝谓"其徒善设坑阱以陷人，当其欲设，即先与他塞了"。此语最得其要。陆象山兄弟早亦与光老游，故考亭先生谓象山满肚皮是禅。陆将以删定面对，为王信所格而去，使遇孝宗，必起见晚之叹。

万　年　国　清

孝宗喜占对。宋之瑞面对，上问以所居，之瑞对曰："臣家于天台。"上又曰："闻彼多名山胜刹，孰为之冠？"之瑞对曰："唯是万年、国清。"上大嘉叹，之瑞遂阶两制云。三衢毛泽民以荐者面对徽宗，上问以所居江郎山高可几许，民姑大言曰"五十尺"，上质何以验之，毛对曰："臣日斜视景。"上喜其捷。

皇　甫　真　人

皇甫真人号为有道，善风鉴。高宗间因大雪中召入，以手提其所衣缊絮至数袭，谓皇甫曰："先生亦怕冷耶？"皇甫从容对曰："臣闻顺天者昌。"时逆亮谋南寇，故皇甫以对，上大悦。后又自出山来见，上叩其所以来，则曰："做媒来。臣为陛下寻个好孙媳妇。"上问谓谁，则以慈懿皇后大将之子生于营中，生之日有黑凤仪于营前大黑石上。人谓凤，实鸷鸶，石则元王。慈懿小字凤娘，盖本于此。后既为太子妃，至诉太子左右于高、孝两宫，高宗不怿，谓宪圣曰："终是将种，吾为皇甫所误。"孝宗屡训妃："宜法大妈妈即宪圣。螽斯之行，汝只管与太子争，吾宁废汝。"上欲惧之，未尝真欲废之也，因惊愤，疑其说出于宪圣。会光宗即位，大恶近习，忽手批付内侍省，取其尤黠者首级。或谓即陈源。其党亟奔诉于重华，急有教曰"吾儿息怒"，光皇虽即奉旨，而词色加怒，意欲他日尽诛此曹。由是宦者相惧，而谋所以间三宫者。光皇适感心疾，久缺定省，重华忧之，得草泽良药为一大丸，疾可立愈。欲宣赐，恐为后所沮，俟光皇问安，即面授之。宦官因间慈懿云："太上只等官家过宫，便赐药。"后使觇北宫，果有药，后遂持嘉王立而诉之上，上由此坚不肯诣太上。先是上之未疾也，尝独幸聚景，两制俱扈从，惟吴琚待制以疾在告。上将进酒于荼蘼花下，言者飞章交至，谓太上每出幸外苑，必恭请光尧。上方怒言者，遂以重华亦有不曾恭请光尧之时以语从臣。适太上命黄门持玉卮暨宣劝以赐，会上怒未息，以手颤误触卮于地。黄门归奏，遂隐言者之事，但云："官家才见太上传宣，即大怒碎卮矣。"每太上游幸，上必进劝，会太上奉宪圣幸东园阅市而上偶不记，太上左右阴扬鸡数十，故使捉之不获，乃相与大呼曰："今日捉鸡不著。"盖临安以俟人饮食为"捉鸡"，故以此激太上怒。太上阳若不闻，而玉色微变。自上以疾不诣北宫，至孝宗大渐，终弗克执丧，与宪圣垂殁而莫有尝药，皆后为宦官所误云。

孝宗召周益公

孝宗圣性简俭，虽古帝王未有也。周必大时直宿禁林，夜召周以入，谓必大曰："多时不与卿说话。"赐必大坐。上耳语黄门，黄门出，则奉金缶贮酒，泻入金屈卮，玉小楪贮枣，用金绿青窑器承以玳瑁托中子，浸羊胲丝，清可鉴。酒仅一再行，上曰："未及款曲。"必大归语其家，叹上之简俭。翌日遂拜政地云。

孝 宗 恢 复

上每侍光尧，必力陈恢复大计以取旨。光尧至曰："大哥，俟老者百岁后，尔却议之。"上自此不复敢言。光尧每以张浚误大计为辞，谓上"毋信其虚名，浚专把国家名器钱物做人情。浚有一册子，才遇士大夫来见，必问其爵里书之，若心许其他日荐用者。又熔金碗饮兵将官，即以予之。不知官职是谁的，金碗是谁的。"或者谓必有近习谮浚于太上云。

秦 桧 王 继 先

台臣有论列二人者，上曰："桧，国之司命；继先，朕之司命。"自此言者遂沮。

杨沂中穴西湖

言者疏奏沂中擅灌西湖水入私第，上徐晓言者曰："朕南渡之初，金人退而群盗起，朕重困赤子，遂用议者羁縻之策，刻印尽封群盗，大者郡王，小亦节制。朕所自有者，惟浙数郡。计犹豫未决，会诸将尽平群盗，朕已发愿除地土之外，凡府库金帛，俱置不问。沂中故有余力以给泉池。若以诸将平盗之功，虽尽以西湖赐之，曾不为过。沂中此事，唯卿容之。"言者皇恐而退。

普 安

上有所闻于张说，以质于秦桧。桧至，固要上以所言之人，上仓卒不敢以说语桧，度其无如普安郡王何，漫以语桧。桧衔之，未有间，会普安丁本生戚，遂嗾言者请上令普安解官持服。或云说所言乃建康盗事。

楮　券

孝宗方造券以便民用，金华陈天祐时为侍从，力抗疏以为不及五十年，必大坏极敝而不可收拾。水心叶先生进策，亦谓不数年间将交执空券而无所售。时上意士论，犹未信其然，至于今日验矣。先是每券以八百券，至石首时则价又踊，愚民至指乘舆以造券不多为苦。又有太守自蜀来，对以"道间目击，楮踊为患"，上皆笑而不以为罪云。

宪圣不妒忌之行

初不以色幸，自渡南以来，以至为天下母，率多遇鱼贯以进，即以疾辞。思陵念其勤劳之久，每欲正六宫之位，而属以太后远在沙漠，不敢举行。上尝语宪圣曰："极知汝相同劳苦，反与后进者齿，朕甚有愧。俟姐姐归，谓太后。尔其选已。"宪圣再拜，对曰："大姐姐远处北方，臣妾缺于定省。每遇天日清美，侍上宴集，才一思之，肚里泪下。臣妾诚梦不到此。"上为泣下数行，愈以后为贤。暨太后既旋銮驭，以向尝与宪圣均为徽宗左右，徽宗遂以宪圣赐高宗，太后恐宪圣记其微时事，故无援立意。上侍太后，拜而有请曰："德妃吴氏服劳滋久，外廷之议谓其宜主中馈，更合取自姐姐旨。"太后阳语上云"这事由在尔"，而阴实不欲。上遂批付外廷曰"朕奉太后之命"云云，"德妃吴氏"云云，"可立为后"，后遂开拥佑三朝之功云。

光　皇　策　士

周南吴中人，游太学有时名，然颇任侠。与水心先生善，晚号为善类。南尝与郑湜游，湜有奏疏未报，南尝见之。会廷对，策中微讽上以未报郑之意。有司已第南为第一，光皇读其策，顾谓大臣曰："湜之疏入才六日尔，南何自知之？"遂就南卷首批云："郑湜无削藁爱君之忠，周南显非山林恬退之士，可降为第一甲十五人。"水心先生为周述墓,则以周南廷对策《论皇极人才》数百言冠之志首。盖周自为教官至给札中秘书,皆未尝见之行事,故水心特叙所对策以表之。近时真文忠公撰徐玉堂凤墓碣,亦详述其给札时言山东事,盖祖水心文法也。先是吴中号为"何蓑衣"者,颇能道人祸福,至闻于上。上屡遣使问之,皆有异,遂召之至,亲洒宸翰,扁"通神庵"。州郡以上所赐,迎拜奔走。南居里中见而疾之,对策中谓"云汉昭回,至施之闾阎乞丐之小夫"。光皇恶其奸,故因湜疏以发之。葛丞相郯时在位,南疑其赞上,泌之去,南有力焉。光皇以违豫缺定省礼,南亦以此讽诸公云。

又

龙川陈亮奏书阜陵,几至大用,厄于卿相,流泊有年。光皇赐对,问以礼乐刑政之要,亮举君道、师道以为对。时诸贤以光皇久阙问安,更进迭见,亮独于末篇有"岂在一月四朝为礼"之说,光皇以为善处父子之间,故亲擢为第一。及发卷,首得亮,上大喜曰:"天下英才,为朕所得!"命词臣行亮制曰:"往赞侯藩,姑循近比;朕之待尔,岂止是哉!"盖有意于大用也。亮谢阜陵表云:"昔者论天下大计之小臣,亦尝劝圣人隐忧之良会,一时排摈,十五载之多奇;末路遭逢,四百人之自见。共幸奋身于今日,独知回首于当年。"末联云:"设科取士,虽旧贯之相仍;陈力复仇,亦大义之难昧。"阜陵称奖。水心先生序龙川之文乃谓:"同父使不以进士第一人及第,则诚狼疾人矣。"龙川狱事盖为父也,天意佑之,而诸公竞全活,水心先生不当以是冠篇首。龙川虽不为进士第一人,其所上阜陵三书,讵可泯乎?或谓水心先生微时,盖亦顿挫流滞,故因龙川之序而自道尔。水心,进士第二人也,骊塘危公积尝以龙川书气振对策气索,盖是要做状元也。水心本为第一人,阜陵觉其策发有"圣君行弊政,庸君行善政"之说,上微笑曰:"既是圣君,行弊政耶?既是庸君,行善政耶?"有司遂以为亚。

佑　圣　观

古篆无"佑","佑"即"右",赐佑圣扁篆者为"右"。羽流固争,以为观中无人,何以自立?至诉之礼部,旨从之,非篆古也。识者谓既从"佑"字,则不当用篆。观为孝宗潜邸,先是有神三见于云端,孝宗为之拜跪。既即大位,赐邸为观,盖龙潜初志也。真圣殿潜邸正寝也,寝旁规小室,若今小学,有"富贵必从勤苦得,男儿须读五车书"二句刻于石,盖宸翰也。上自训庄文读书之地,故书此以励之。

庄　文　致　疾

士固号为"草茅",谓其能言天下事而无所忌,非懵不识礼义之谓也。陈丞相俊卿,阜陵相也,国忌引百官班诣原庙,是日适值补试士子入贡院,陈相多智,班退即命从者由旁径以归。贡院路原庙所出也,庄文之归,正与群试者会,试者横截庄文车不得前,执金吾杖呵止之,群士遂即而折其杖,围车发喊雷动。庄文惊愕,得疾薨,上甚痛之。岁当大比,有姓黄士人率其徒诣阙乞试,同文馆不报。黄以其徒伏德寿宫门祈哀太上,觊宣谕孝宗。德寿以闲人不管闲事却其奏,黄遂与其徒向宫门大诇,且所服白纻袍也。孝宗震怒,敕有司杖黄背,黥隶海岛。黄因窜入高丽国,主用为相。后以使事至阙,见于孝宗,暨其主倦政,遂授以国云。

宁　皇　二　屏

宁皇命二小黄门,常背二小屏前导,随其所至,即面之。屏书戒曰:"少饮酒怕吐,少食生冷怕痛。"析二事为二屏,以白楮糊,缘以青楮。所幸后苑,有苦进上酒及劝上以生冷者,指二屏以示之,故每饮不过三爵。宫中动却呵卫,黄衣至不之避。自以补革舄、浣绸衣为便。左右至以语激上,则应以"毋作聪明乱旧章"。盖旧学于永嘉陈氏傅良，尝导上以此，故终身不忘。大臣进拟，不过画可，谓之"请批依"。龙颜隆准，相者谓"真老龙形"。

陆 放 翁

陆游字务观，山阴人，名游，字当从观，平声。至今谓观。去声。盖母氏梦秦少游而生公，故以秦名为字而字其名云，曰公慕少游者也。其祖名佃，字农师，新学行，有《诗说》传于世，大率祖半山，后以新法浸异。公绍熙间以为浙漕镇厅第一，有司竟首秦熺，置公于末。及南宫一人，又以秦桧所讽见黜，盖疾其喜论恢复。绍兴末始赐第。学诗于茶山曾文清公，其后冰寒于水云。尝从索岩张公游，具知西北事。天资慷慨，喜任侠，常以踞鞍草檄自任，且好结中原豪杰以灭敌。自商贾、仙释、诗人、剑客，无不遍交游。宦剑南，作为歌诗，皆寄意恢复。书肆流传，或得之以御孝宗。上乙其处而毗之，旋除删定官。赐第时德薄。或疑其交游非类，为论者所斥。上怜其才，旋即复用。未内禅，一日上手批以出，陆游除礼部郎。上之除目，自公而止，其得上眷如此。公早求退，往来若耶、云门，留宾款洽，以觞咏自娱。官已阶中大夫，遂致其仕，誓不复出。韩侂胄固欲其出，落致仕，除次对，公勉为之出。韩喜陆附己，至出所爱四夫人擘阮琴起舞，索公为词，有"飞锦裀红绉"之语。又命公酌青衣泉，旁有唐开成道士题名，韩求陆记，记极精古，且以坐客皆不能尽一瓢，惟游尽勺，且谓挂冠复出，不惟有愧于斯泉，且有愧于开成道士云。先是慈福赐韩以南园，韩求记于公。公记云："天下知公之功而不知公之志，知上之倚公而不知公之自处。公之自处与上之倚公，本不相侔。"盖寓微词也。又云："游老谢事山阴泽中，公以手书来，曰'子为我作《南园记》'，岂取其无谀言，无侈辞，足以导公之志欤？"公已赐丙第，人谓公探孝宗恢复之志，故作为歌诗，以恢复自期。至公之终，犹留诗以示其家云："王师克复中原日，家祭毋忘告老翁。"则公之志，方暴白于易箦之时矣。又有郑械者尝第进士，自作《南园记》并砮石以献，韩以陆《记》为重，仆郑石瘗之地。后韩败，郑竟免。莆阳陈谠文人也，输灵璧以寿韩，至刻金字于石，称之曰"我王"。又有某人以锡字分题，如锡寿、锡福之类，为诗以献。韩败，有为陈瘗石于地者，会搜地窖，铿然有声，则陈石也，遂为言者所弹。陈《留题吴山三茅观梅亭》诗，有"竹密不知云欲雨，山高尽见水朝宗"之句，继是犹未有能和者。翰墨本于颜、蔡，世以不得其字为憾，独附韩一节为可恨。官职自有定命，特诸人自信不过尔。

熊　子　复

　　熊克字子复，建宁人。早岁尝与谢明伯东上礼闱，道出衢之江郎庙，遂与谢憩于庙下客邸。神号知进士科给事，谢邀熊同宿庙宫谒梦，子复曰："克倦矣，明伯自诣可也。"谢盥手濯足毕，服紫窄，持瓣香以入宿。翌朝就邸，熊迎谢，笑语之曰："定梦见做状元也。"谢正色谓熊曰："却与子复得佳梦。"熊又笑谓之曰："梦亦分惠耶？"谢曰："不则剧。"熊试扣之，则谓初入一朱门，仰视金扁，则右文之殿。自东庑入，与主人揖，则子复也。子复揖而入，其位有扁在，楣书曰"校书郎"。扁悬风中摇摇然，壁堵饰犹湿。与熊笑语甚欢，酌谢酒至五爵，谢语熊曰："此处儒流清选也，子复自此升矣。"熊与叙旧极款。茗毕，即送谢出右文，则犹目谢。熊信其说，亦颇自负。后熊与谢累上南宫不利，熊后收科岁，谢再试南廊，不入等。熊调铨阙，遣仆就邸，偶与中秘书对，熊恐已应梦，赋诗以自解。暨调余姚尉，史越王尝为是官，适以旧学召入相，道出余姚，熊携行卷诣王舟上谒，王读其文而器之。会上赐曲宴，语王以两制艰其选，王遂亟以熊荐，旋进所投行卷。上即召克诣都省，旋给札中秘，序转校书郎。时明伯甫授文学，部胥语以法须京朝官保识。谢熟思良久，语仆曰："熊校书，吾故人也。"遂扣熊官舍，会熊直未下，往来廊庑间。熊尝与谢通家，内子自厅事后窥见谢，亟令小史传语谢新恩："校书偶入局，孺人不得相见。校书曾说谢新恩来，可使人随至秘书省，要说话。"谢至秘书所，与熊酬酢，与前梦无毫发差。熊已不记江郎事，谢遂与熊，相与太息。因问扁壁，熊对以"校书久不除官，以位贮炭。某叨冒恩除，甫悬扁饰壁。"谢赴省时犹未识中秘书。越王识熊于百寮邸，至以应诏，熊竟至法从。谢憔悴以老，神之戏谢，亦剧矣。熊不与谢入俱谒梦，定力过人矣。山谷谓鬼神百般弄人，信哉！

越 王 陪 位

祖宗盛时，故相或居辇下，时召入问事，间遇朝会则立旧班之下。国有大议亦得可否，郊禋则陪，无所嫌也。阜陵庆上皇八衮，参用故典，召故相陈福国、史越王陪位。陈力以疾辞，史闻命，绝江祠。既竣事，以史旧学，曲为勉留。时相疑其迫已，风言者去之。陈闻史入，谓客曰："史直翁只好莫去。"陈之多智，此其一也。史间于燕居太息语子弟曰："吾与陈福公并相，朝廷施行稍合公论，则人皆相与曰'此陈丞相所为'；稍咈公论，则曰'史某所为'，吾命召谤，昔为布衣，术者云尔。"

高 宗 知 命

高宗自能推步星命，或臣下不能始终仰副圣眷，则曰"吾奴仆宫星陷故也"。

宪 圣 拥 立

宪圣既赞高宗立普安，遂定大统之寄。高宗登遐，宪圣独处北宫，春秋浸高，孝宗以不得日侍定省为歉。及内禅光皇，实宪圣所命，孝宗遂得日侍长乐，极天下之养，尽人子之欢。宫去东园最近，旬浃间即恭请宪圣临幸。属芙蓉临池秀发，遂白宪圣，请登龙舟，撤去栏幕，卧看尤佳。宪圣欣然从之。先是高宗经始东园，盖恐频幸湖山，重为国费，故园去宫门百步而遥，落成之顷，俱宪圣驾幸。有一门迳通小东园，多柏，上与宪圣相视而泣，连称"相似，相似"。时幸园中，独不至此。左右疑与故京宫苑有适似者，故重为之感伤。

攻媿楼公

　　攻媿楼公天性豁达，与物无忤。初尝与韩侂胄善，独因草制以天下公论不予韩，故宁罢去。韩心敬之，亦不以憾也。攻媿久废，韩亦迫于公论，欲起而用之，风公之亲戚，谕公之子弟，但求寒暄一纸书，即召矣。亲戚具道韩意于公之子弟，从容以白，公欣然命具纸札。子弟又以白，公曰："已具矣。"公引纸大书《颜氏家训》子弟累父兄事，子弟自此不复敢言通韩书矣。

翁 中 丞

　　中丞名彦国，建之崇安人。二帝北狩，伪楚邦昌借帝。邦昌欲迎康王，计犹豫未决，公自乡郡受提兵勤王，道中得邦昌书。其外书书示翁，其书中有"忍死权就大事"之词。翁密视，遂答邦昌书，大称邦昌以"太宰阁下"，其略曰："愕视封题，不敢拆视，幸先为道路所发。今相公谓有其迹而无其事，不可也。谓有其事而无其志，不可也。且谓迎延福宫之文，虽微示人以意，安知不为新都之渐，力请贬去借号，早迎康王。不然，勒兵十万，见公于端闱，不得施东阁之恭矣。"邦昌惧外兵浸入，遂决迎康王策，府库皆称"臣邦昌谨封"。公为李丞相纲姻亚，李之用公，本以才选，李既罢政，浮溪汪氏行制词丑诋李公，目为"群小之宗"，至行翁制，亦谓"汝本茶山驵侩之徒"。先是翁已六世收科，非驵侩也。茶山，翁所居百里而遥。浮溪汪氏本为秦桧所知，李公得政，不甚荐用汪，汪疑翁为李所荐，故极力诮之。建炎兵事倥偬，石林叶公梦得留守金陵，已创经总制额。翁适承其后，又奉密旨大兴行阙之费，故未免调度繁扰。水心先生《进卷外稿》议公推剥，盖未知此。其子进士翁谦之尝诣朝乞禁公史，当路未能从，不知秀岩李氏修四朝正史，笔削曾及翁否？翁葬所名祥雉窠。又百年而孙孟煜补上庠生，游边得官，死于定海之讼。次孟桂登辛丑第，又次孟寅尝首临安乡书。

张　于　湖

　　高宗酷嗜翰墨。于湖张氏孝祥廷对之顷,宿醒犹未解,濡毫答圣问,立就万言,未尝加点。上讶一卷纸高轴大,试取阅之。读其卷首,大加称奖,而又字画遒劲,卓然颜鲁。上疑其为谪仙,亲擢首选。胪唱赋诗上尤隽永。张正谢毕,遂谒秦桧。桧语之云:“上不惟喜状元策,又且喜状元诗与字,可谓‘三绝’。”又扣以诗何所本,字何所法?张正色以对:“本杜诗,法颜字。”桧笑曰:“天下好事,君家都占尽。”盖嫉之也。张廷对时,天下犹未尽许之。务能参问前儒,汲扬后学,词翰愈工。天性倜傥,轻财好施,勇于好义,为政平易,民咸思之。唯嗜酒好色,不修细行。高宗尝问以“人言卿赃滥”,孝祥拱笏再拜,以对曰:“臣诚不敢欺君:臣滥诚有之;‘赃’之一字,不敢奉诏。”上笑而置之。人以为诚非欺君者。真文忠尝语余曰:“于湖生平虽跌宕,至于大纲大节处,直是不放过。”张,乌江人,寓居芜湖,捐己田百亩,汇而为池,圜种芙蕖、杨柳,鹭鸥出没,烟雨变态,扁堂曰“归去来”。芜湖未有第进士者,阴阳者流谓必以湖水与县治接,而后英才出。张方欲凿而通之,则已殁矣。尝舟过洞庭,月照龙堆,金沙荡射,公得意命酒,唱歌所自制词,呼群吏而酌之,曰“亦人子也”,其坦率皆类此。尝慕东坡,每作为诗文必问门人,曰:“比东坡何如?”门人以“过东坡”称之。虽失太过,然亦天下奇男子也。惜其资禀太高,浸淫诗酒,既与南轩考亭先生为辈行友,而不能与之相与琢磨,以上续伊、洛之统。而今世好神怪者,以公为紫府仙,惜夫!

真文忠居玉堂

　　慈明太后兄次山,除少保、永宁郡王。文忠与许公奕给事甚相好,共谓恩典太重,欲予其一则捐其一,许遂封还制书。文忠以官卑且摄职玉堂,但具札白之庙堂。时相不以文忠札缴进,而许之奏已入。慈明震怒,遂斥许,而文忠独留。或惜文忠不用富文忠居玉堂故事。

又

公当制除吴璘少师致仕，赠永安郡王。公以孟忠厚，乃隆佑亲弟，又号勋旧；吴为宪圣犹子，恐难用孟例，亦用札申庙堂。时相嫌其由中旨以出，遂以札缴入。从之，祗命草致仕制，末篇二句云："今其往矣，宁不蠹然。"先以制示攻媿楼公，公称善，但以笔易"往"字为"归"，"蠹"字为"惓"。文忠亲出示予云："吴盖致仕也，不应用'往'与'蠹'字，前辈一字不苟如此。"攻媿尝问文忠："近看谁四六以益？"公对攻媿曰："渠只会说大话，如'奄有万方，君临兆姓'尔。"盖王言只当作"多方庶姓"，与臣下表语不同。

甲 戌 进 士

袁蒙斋甫，甲戌进士第一人也。文忠实阅其卷于殿闱，出则以前三人副卷示予，而乱其次第，没其姓名。余读其一，谓文忠曰："此卷虽尽用老师宿儒遗论，必是一作者。"公未答。予又读其一，以国论国事为说，国事谓庙堂之用事者，国论谓议论于朝廷者，其意以国论为空言，以国事为实用，欲任国事者必参国论，持国论者必体国事。文忠问如何，予对以"理无两是，似不如前卷；然其说出于调停，恐是状元也"。文忠起而抚予背曰："说得着，说得着！"盖先卷乃李公晦方子所对，而后卷即蒙斋也。文忠欲置李首选，而同列谓李之策不如袁策之合时宜。又欲置吕永年甲科，亦不果。同年进士徐清叟亦几中首选，亦以议中书之务未清，又用艺祖问赵普天下何物最大，普对以惟道理最大事，有司亦疑其稍涉时政，仅置第四。徐既为御史，弹袁文亦及其策，并与其父絜斋燮学于象山者为异端，谓不宜置经帷。

函　韩　首

韩侂胄欲遣使议和而难其人，欲用吴门王大受。大受谓敌事以首谋为言，通军前书宜勿用平章衔，以丞相代之，谓陈自强。敌问首谋，则答以今已避位。盖至计也。韩疑其建明渐广，不能从。用荐者言，召萧山县丞方信孺假检详出使。信孺途间具知敌欲先遣使于我，此其力已困，与敌反复论辨，凡称谓、岁币、土地一如旧。敌多为术以困方，然欲遂和，不敢杀也。方恐我急于卖和，别遣使命，过有所许，诳敌以"归报所索可否，而后复来"，敌许而津之。韩惧方迟留，果议别遣使。方归语韩，韩欲再遣，方谓韩曰："信孺既为朝廷万里行矣，初盖不惮死。今具得敌要领，即再往，亦决不死。惟少迟信孺行，敌必遣使来报且议。平章听愚计。"韩疑其重于再往，遂用大受里人王柟以代方。柟诣敌庭，惟贬号、割地不从其说。及再往，韩已诛，凡函韩首与易弟为侄、增币重宝，皆从之。故敌遣谕成使来。先是有旨百官诣朝堂集议韩首事，枢密章良能建议，以为奸凶已毙之首，又何足惜。时王忠简公介抗议，以韩首固不足惜，而国体为可惜。章以语侵公，公奋起曰："今日敌要韩首，固不足惜。明日敌要吾辈首，亦不足惜耶？"会文节倪公思亦谓："一侂胄臭头颅，何必诸公争？"王议遂不胜。章径呼省吏伸黄纸，揭于象魏曰："今据礼部侍郎倪思议到，奸凶已毙之首，又何足惜！"遂竟函韩首送敌。谍者谓敌既受韩首，谥之曰"忠缪侯"。方之在敌中也，伪元帅责我失信，擅起兵端。方折之曰："尔失信，故我失信。"敌曰："我何为失信？"方徐谓曰："我之用兵，在某月；尔之诱逆曦，在某月。以月日先后计之，是尔先诱我叛臣也。"敌服其探伺精的类如此，故语塞。伪元帅颇能诗，索方联句。敌以失蜀调方曰："仪、秦虽舌辨，陇、蜀已唇亡。"方即应之曰："天已分南北，时难比晋唐。"伪元帅又谓方曰："前诗非剧，尔国有州军几？今一掷失五十四州，吾为尔国危矣。"方声色弗挠，对以"御命在此，固未知失蜀本末，大元帅间谍素明，犹未知我之所以立国乎？象犀珠玉之富，俱出于二广。江东、西则茶桑之陆海也，淮东、西则铜鑶之薮泽也，浙西十四郡耳，苏湖熟，天下足，元帅之所知也。而况生齿日繁，增垦者众，苇萧岁辟，圩围浸广，虽不熟，亦足以支数年矣。浙东鱼盐之富，海藏山积，食之虽众，生之无穷。闽自为东南一大都会，其支郡有六，又且兼浙江淮之所入。故吾国之余波常及于大国者，以其力之有余也。彼蜀之为蜀，号为州五十四，其财赋擅吾国者百不十一，然而仅足以为五十四州军民之用。一有菜色，或转馈焉。白石、饶风之捷，必不为他人有者，凡以为民而已"。伪元帅嘉其辩而怜之，故有"仪、秦"之许方，敌要吾以贬号、割地，方是以有"晋、唐"之对。方之未见知于朝也，庐陵布衣刘过亦任侠能辩，时留昆山妻舍。韩颇闻其名，谕钱参众祖风昆山令以礼羁縻刘，勿使去。令轻于奉行，遂亲持圆状见刘，目之以奉使，别设供帐精舍以俟之。刘素号挥喝，喜不胜情，竭莝资以结誉。后朝廷既用方、王，令小官也，不复敢扣钱。刘宾客尽落，竟郁郁以死。

胡桃文鹁鸽色炭

予方修宣和沉脑烛事，适读王竹西侍郎奏札，又知当时御炉炭样，方广皆有尺寸，炭纹必如胡桃文，鹁鸽色。王公讳刚中，号竹西，字居正。尝守婺州，适当漕司封降色样，奏之上曰："臣向者备官行朝，目睹陛下宫室卑陋，乘舆服御之物一切苟简，虽异时达官大姓之家，有过于今日者。陛下悼国步之艰，犹有谦抑不遑之色。此必有司之过举，谅非陛下之本心。臣辄将所降炭样封送有司收掌，更不行下属县科买而闻之旁郡，盖不胜其扰矣。"

王竹西驳论黄潜善汪伯彦

陈东、欧阳澈先赠朝奉郎、秘阁修撰。当建炎初政论事，指摘上躬，贬议大臣，盖宣政以来所未有也。大臣恶其讦己，阴用上手批，置二子法。予尝得东将临刑家信手迹，时犹在神霄宫，墨行整整，区处家事皆有条理。自知顷即受戮，略无惨戚战栗之状，盖东汉人物也。上大悔悟,赠东谏议、澈延阁,赐田以旌其后,且下诏自责。时大臣盖黄潜善、汪伯彦,潜善已先死,伯彦犹在。竹西王公代言西掖,会上追赠东、澈,遂因极论二人"不学无术,耻过遂非,使人主蒙拒谏之谤,朝廷污杀士之名,此而不诛,何以为政?若潜善魂魄有知,犹思延颈就戮;而伯彦躯干固在,不识何施面目"。伯彦遂落职,潜善永不追复。王遂草赠东、澈词及伯彦落职制,其略曰:"古之人愿为良臣,不愿为忠臣。"用出处。云云,"惟尔东尔澈,其殆有意为忠臣乎?虽然,尔不失为忠,而天下后世顾谓朕何如主也?八年于兹,一食三叹,通阶美职,岂足为恩?以塞予哀,以彰予过。使天下后世,考古之饰非拒谏之主,殆不如是"。伯彦制曰:"朕痛念建炎之初政,实亏从谏之令名。俯仰八年,癯寐永叹。比下责躬之诏,敢为归咎之文。而论者谓汝专宥密之司,实任仰成之寄。汝言汝听,汝弼汝从。宜思广朕之聪明,何恤庶人之议政。使人主蒙拒谏之谤,而朝廷污杀士之名,仰视君亲,何施面目?朕览人言而惕若,抚往事以何追。罪固在于朕躬,谊难宽于尔责。"盖东、澈书颛攻黄、汪,为黄、汪者正当上震怒未解,宜叩头请免二子。上悦不从,以去为期,则二子必不至东市矣。当时谏臣亦有不容不与黄汪分其责者,王公本以三舍法为大比第二人,公应举时已罢词赋,故士不服习骈丽。崇、观虽设词学,所以救罢词赋之失,而公已不复业此,故力辞玉堂表云:"臣幼值朝廷以王氏父子议学取士,汩没心术,耗敝精神。晚而知悔,始从师友,妄意穷经。其于雕镌绁缀之文,未尝经意,惟自惜国朝外制初无定体,故臣得值。以陛下得意志广著之训词,求之近俗,固已非是;若夫内制之谨严,不容率意而有作。"帖黄又申述司马公词制诰事,窃慕其不欺君之谊。上嘉叹,诏从之。嘉定中未尝诏罢科目,凡以宏博应选者,有司承意,不敢以名闻。尝用余嵘为中书舍人,余素不习此,余表侄应子和镛尝试曾学有司,亦仅与申省文,得典诰体。时为安吉宰,安吉去行都三日可达,余之草制,皆取之安吉。省吏趣请词头,余之左右必晓之曰:"安吉人未回。"余不习此,宜如王公力辞可也。然能取之安吉,亦善矣。陈正甫讳贵谊,以词学中等。尝考潘子高词卷,六篇俱精博,惟《集贤院记》偶不用李林甫注《六典》书目事,陈以此为疑而黜之,然心服其文。当其寓直玉堂,凡常行词,皆属潘拟藁。潘性至密,惟予知之。陈索潘文,晷刻不差,且差皂衣立门以俟。陈每馈潘酒富甚,尝与余共酌于粮料院之云根云。

吕成公编文鉴

东莱吕成公祖谦集《皇朝文鉴》既成,孝宗锡名《文鉴》,除公直秘阁,即赐御府金帛。成公谢表云:"既叨中秘清切之除,复拜御府便蕃之赐。"陈骙时为中书舍人,执奏以为此特编类之劳,恐赏太厚。上不悦陈。成公遂力辞帖职,上不从。《文鉴》之成,考亭先生见之,谓公去取未善,如得潘某人诗数篇已置选中,后有语公以潘佳处甚多,恐不止如所选,公遂并去之。

洪景卢编唐绝句

孝宗从容清燕,洪公迈侍,上语以"宫中无事,则编唐人绝句以自娱,今已得六百余首"。公对曰:"以臣记忆,恐不止此。"上问以有几,公以五千首对。上大惊曰:"若是多耶,烦卿为朕编集。"洪归,搜阅凡逾年,仅得什之一二。至于稗官小说、神仙怪诡、妇人女子之诗,皆括而凑之,乃以进御。上固知不逮所对数,然亦嘉其敏赡,亦转秩赐金帛。

秦小相黄葛衫

秦桧权倾天下,然颇谨小嫌,故思陵眷之。虽桧死,犹不释。小相熺尝衣黄葛衫侍桧侧,桧目之曰:"换了来。"熺未逾,复易黄葛,桧瞠视之曰:"可换白葛。"熺固请,以为"葛黄乃贵贱所通用",桧曰:"我与尔却不可用。"盖以色之逼上。

秦夫人淮青鱼

宪圣召桧夫人入禁中赐宴,进淮青鱼。宪圣顾问夫人:"曾食此否?"夫人对以"食此已久。又鱼视此更大且多,容臣妾翌日供进"。夫人归,亟以语桧,悫之曰:"夫人不晓事。"翌日,遂易糟鲑鱼大者数十枚以进。宪圣笑曰:"我便道是无许多青鱼,夫人误尔。"

高宗好丝桐

高宗自康邸已属意丝桐,时有僧曰辉,曰仙,尝召入以是被知。上既南巡吴会,二僧亦自京师来,欲见上,未有间。会上幸天竺,二僧遂随其徒迎驾起居。上感昔,至挥涕记之。还宫即命黄门召入,黄门对以"此须令习仪",上曰:"朕旧所识,纵疎野何害?僧徒固宜疎野。"黄门复奏,以为入夕非宣召僧徒之时。上曰:"此即是。"翌朝,召二僧入,道京师事与度南崎岖,上甚悲且喜,由是宣召无时。二僧冀规灵隐蔬地厮庵以老,其徒不能从。上至遣使谕灵隐僧,僧犹豫未奉命。上降黄帜,任二僧所欲为界。灵隐僧惧而纵二僧自营,今额为"天申圆觉寺"。上既倦勤,退处北宫,间乘小藤团龙肩舆憩其庐。重华脱屣万乘,亦修思陵故事,有御制二诗,其徒摹云章于壁石云。

黄振以琴被遇

琴师黄震,后易名振,以琴召入。思陵悦其音,命待诏御前,日给以黄金一两。后黄教子,乃以他艺入。语以"尔子不足进于琴耶?"黄喟然叹曰:"几年几世,又遇这一个官家!"黄死,遂绝弦云。

倪文昌请以谏议大夫入阁

嘉定初,倪公思以礼部侍郎上疏,乞以谏议大夫随宰相班奏事,上手答甚宠，且许之。时相疑其为伪，归咎奏邸报吏妄撰圣旨，杖背而黥之。时山东归附者众，荆、襄帅臣列强弩射之使还。慈湖杨公简手疏其事以白上，谓此非仁术，且失中原心，以少缗钱赂银台通进司吏缴进，上至以杨公疏宣谕。时相以"容臣契勘"复于上，遂止札下。契勘银台不应受余官奏，惟从官可也，仍用治邸吏法治台吏。盖旧典独许从官缴奏自银台入，时银台盖已不复用典，虽从官亦纳札庙堂。真文忠已居玉堂，终以官非正从，当制有所可否，亦止入札乞敷奏。杨公急于发上之聪明，故不暇用典也。

去左右二字

韩南涧元吉虽袭门荫，而学问远过于进士。孝宗谓"两制之选，能者为之。顾何择于进士、任子？"尝除韩权中书舍人，旋以称职为真，自以门荫力辞，然耻于右之一字，微讽台臣请进士去左，任子去右，上从之，至今著令云。时有士人朱游颇任侠多记，间因谒入语韩云："中书误了：以任子位中书，顾不荣于进士乎？削左右字，则混然无别矣。"韩愕而悔其事云。

宣政宫烛

予既修王竹西封还宫中降炭样如胡桃文、鹁鸽色，盖宣、政事，建炎、绍兴犹袭用未改，竹西力陈请罢去。宣、政其盛时，宫中以河阳花蜡烛无香为恨，遂加龙涎、沉脑屑灌蜡烛，陈列两行数百枝，焰明而香瀚，钧天之所无也。建炎、绍兴久不进此，惟太后旋銮沙漠，复值称寿，上极天下之养，故用宣、政故事，然仅列十数炬。太后阳若不闻，上至，奉卮白太后以"烛颇惬圣意否？"太后谓上曰："尔爹爹每夜尝设数百枝，诸人阁分亦然。"上因太后起更衣，微谓宪圣曰："如何比得爹爹富贵？"

柔　福　帝　姬

　　柔福帝姬先自金间道奔归，自言于上，上泣而具记其事，遂命高士儤尚主。一时宠渥，莫之前比。盖徽宗仅有一女之存，上待之故不忍薄也。太后归自北方，持高宗抉泣未已，遽曰："哥被番人笑说，错买了颜子帝姬。柔福死已久，生与吾共卧起，吾视其殓，且置骨。"上以太母之命，置姬于理。狱具，诛之东市。或谓太后与柔福俱处北方，恐其讦己之故，文之以伪，上奉母命，则固不得与之辩也。然柔福自闻太后将还銮驭，即已告病。尝以尼师自随，或谓此尼曾事真帝姬，故备知畴昔帝姬俱上在宫中事。伪帝姬引见之顷，呼上小字，尼师之教也。京师颜家巷鬻器物不坚实，故至今谓之"颜子生活"。

技　术　不　遇

　　思陵时百工技艺咸精其能，故挟技者率多遇，而亦有命焉。吴郡王益尝以相士荐于上，上以王故召见。见上则曰："陛下尧眉舜目，禹背汤肩。"上即驾兴曰："到处睿将来。"王又为李世英进圭墨，每一圭墨重十两。上曰："恁么大，如何把？"王偶致棋客，关西人，精悍短小。王试命与国手敌，俱出其右。王因侍上弈言之，翌日宣唤。国手夜以大白浮之，出处子，极妍靓。曰："此吾女也，我今用妻尔。但来日于御前饶我第一局，吾第二局却又饶尔。我与尔永为翁婿，都在御前。不信吾说，吾岂以女轻许人？"国手实未尝有女，女盖教坊妓也。关西朴而性直，翌日上诏与国手弈，上与王视第一局，关西阳逊国手。上拂衣起，命王且酌酒，曰："终是外道人，如何敌得国手？"关西才出，知为所卖，郁闷不食而死。

刘　锜　边　报

　　高宗得刘锜奏逆亮将戒日渡江，上以为忧。刘贵妃适侍，进曰：

"刘锜妄传边事，教官家烦恼。"上正色责妃曰："尔妇人女子，如何晓得，必有教尔欺我者！"斥妃出，不复召，今葬西湖之曲。宪圣尝从上航海，倏敌骑数十辈掩至，欲拿御舟。后徐发弓矢，其一应弦而倒，余悉引去。高宗重于视师之役，后苦谏，必往，至跪奏曰："若臣妾裹尺五皂纱，必须一往。"妃不逮圣后矣。

陆　石　室

陆凝之字永仲，号石室，余杭人。丰神隽拔，论议倜傥，尤好为诗。少年以计偕入汴郡，法从见之，疑其为仙。邀陆杂坐，命相者某道人视之。道人于郡从官中指陆曰："这官人只是秀才。"诸公因扣以科第，则曰："且还山修读。"陆不意。道人临别，揖赠以粒丹，曰："缓急幸用之。"陆亦异其人，置丹襦带中。果报罢，垂翅南归，舟循汴，风急浪怒，舟不能胜，亟抽带中丹投舟外，风浪始帖息。陆举手谢天，幸不葬鱼腹。汴上有呼其姓名者，则道人也。丹粒宛然已在道人掌中，曰："吾丹欲济子之身，非济舟用也。"陆方从道人再觅丹，汴流急，不得语，陆惘然而已。归用其说，隐于大涤洞天之石室，人因室名以称之。居逾岁，又有一道人访陆，形貌不类畴昔，以绅缠双髻，绅垂背，绅上绘八卦，手持惜气，揖陆曰："贫道今夜宿山中，分秀才半榻，可否？"陆难之，道人又曰："可借一凳，宿于石门之外竹林中否？"陆欣然予凳。既得凳，即视云汉仰卧，唱歌韵，惜气间作《步虚》声，音节宛转，响应山谷，林鹤为之旋舞。陆寝自若也。迨晓，道人持凳谢陆，长揖而别。陆回首，道人登室前天柱峰，如飞，顷已在霄汉。陆抚膺，懊悔未已。顷又有纱巾白绉袍道人问："大条道人宿此，今安在？"陆语以"早已去"，道人曰："君不识钟离公也？"或谓后至者即洞仙，陆犹不悟。光尧退处北宫，思大涤双径之胜，先幸大涤，道流清宫以俟，时宪圣亦侍。羽流结亭起居光尧于驾，上诏以"今是闲人，不须这礼数"。道流进天目木洞霄茶，光尧与宪圣意甚适，宣赐其徒金帛有差。进主观者，问以"山中颇有能诗客否？"观师素怜陆，亟以陆对，进陆行卷。太上读数首，太息曰："布衣入翰林可也，归当语大哥。"孝宗。宪圣从旁赞曰："太上只好休。既是山林隐士，必不要人知，他要官职做甚？看引得大哥定要他出山，却是苦他。"太上深以为然，遂不以语孝宗。凡陆所四遇道人，或以谓神仙，固不可测。而一日之顷，不遇三宫，亦命矣夫？陆竟终于石室云。

开　禧　兵　端

　　韩侂胄亟欲兴师北伐，先因生辰使张嗣古^{时为左史}。假尚书入敌中，因伺虚实。张即韩之甥也，使事告还，引见未毕，韩已使人候之。引见毕，不容张归，即邀第，亟问张以敌事。张曰："以某计之，敌未可伐。幸太师勿轻信人言。"韩默然，风国信所奏嗣古诣北廷几乎坠笏，免所居官。韩败，张未尝以语人也。韩后又遣李壁因使事往伺，壁归，力以"敌中赤地千里，斗米万钱，与鞑为仇，且有内变"。韩大喜，壁遂以是居政府。予尝观巽岩李公焘题名金山云："眉山李焘携子垕、塾、壁、𡐈来。"可谓名父子矣，惜其仲子未熟《颜氏家训》尔。

卷三　丙集

褒　赠　伊　川

　　绍兴元年九月二日,敕通直郎程颐:"朕惟周衰,圣人之道不得其传,世之学者违道以趋利,舍己以为人,其欲闻仁义道德之说,孰从而听之? 亦孰从而求之? 间有老师大儒不事章句,不习训传,能自得于正心诚意之妙,则曲学阿世者又从而排陷之,卒使流离颠沛,无所为而死,其祸贼于斯文者,亦甚矣。尔潜心大业,无待而兴者也,方退居洛师,则子弟从之者孝弟忠信,及进侍讲帷,则拂心逆指,务引其君以当道。由其外以察其内,以其所已为逆所未为,则高明自得之学可信而不疑。而浮伪之徒,自知学问文采不足以表见于世,乃窃借其名以为自售。外示恬默,中实躁竞;外示质鲁,中实奸猾。遂使士闻见而疾之,是重不幸焉尔。朕锡以赞书,宠以延阁,以震耀褒表之者,深明上之所予在此,而不在彼也。尚其灵明,知享此哉,可特赠直龙图阁。"先是,工部侍郎韩肖胄尝密启上,追褒元祐诸臣,乃有是诏。《中兴本末》作八月,《家传赠告》作九月。赠典当是八月,至九月诰下尔。是月癸未,秦桧相矣。绍翁窃考当时程俱、休通为中书舍人,当草制词,然其词皆度越常法。嘉定十七年四月圣旨:"伊川程颐绍明道学,为世儒宗;虽屡褒崇而世禄弗及,未足以称崇奖儒先之意。令尚书省访求其后,特与录用。"当路知其孙源居池州,故有是命。尚书省旋据池州所申"故侍讲程颐直下两位子孙具到。宗支图内程观之长,年七十四。其次源,年三十九。程源系伊川颐嫡长孙,合议指挥。"四月五日奉旨:"观之特与补不理选限登仕郎,仍差充池州州学宾,令本州于上供钱内月支钱二十贯、米二石,俾奉祭祀。源令起部铨量。"得旨,源补迪功郎,自是铨中,除二令监丞矣。初源实往来于都云。元祐初起伊川诰词云:"敕乡贡进士程颐:孔子曰'举逸民,天下之民归心焉',吾思起草茅岩穴，以粉泽太平，而大臣以尔好学笃行荐于朝，愿得试用。故加以爵命，起尔为洛人矜式，此故事也。盛名之下，尚谨处哉！"嘉定庚辰，徐公侨为江东仓，跋前后二制词曰："右伊川先生'举逸民'追赠之诰词也。昔先生居洛，以道自任，元祐初始应诏，未几以间去。中兴首明党议，而先生下世矣。先生之孙源，将以二词镌诸石，先生之道虽不行于时，此抑以见我朝崇儒重道之意。二月朔东阳徐某谨书。"绍翁窃疑元祐诸人荐伊川先生者甚力，至谓其有"经天纬地之才，尊主庇民之术"，至是以通直郎判西京国子监，_{按官职，其实教授。}制词何其寂寥简短若是？盖中书舍人王震所草，王非知伊川者也。绍翁又详庆元丞相赵公汝愚去国，侂胄始颛政，欲以党去天下之正人，必诋以"伪学"，虽刘德秀从臾为是说，然"伪"之一字，已见于绍兴制词矣。先是孔文仲、刘挚、顾临，亦尝以"伪"诋先生云。

虎　　符

　　虎符半在禁中，半在殿岩。开禧间慈明阴赞宁皇诛韩侂胄，出御批三：其一以授钱象祖、卫泾、史弥远，其一以授张镃，又其一以授李孝纯。二批俱未发，独象祖亟授殿岩夏震。震初闻欲诛韩，有难色，及视御批，则曰："君命也，震当效死！"翌日，震遣其帐下郑发、王斌，邀韩车于六部桥，径出玉津园夹墙，用铁鞭中韩阴乃死。_{韩裹软缠，故难中。}地名磨刀坑。镃始预史议诛韩，史以韩为大臣，且近戚，未有以处。张谓史曰："杀之足矣。"史退而谓钱、卫曰："镃，真将种也！"心固忌之。至是镃赍伐自言，史昌言于朝："臣子当为之事，何为言功？"遂讽言者贬镃于雪，自是不复有言诛韩之功者矣。御批云："已降御笔付三省，韩侂胄已与在外宫观，日下出国门，仰殿前司差兵士三十人防护，不许疏失。"后有虎符印盖牙章也，文曰"如律令"，本汉制云。震以御笔建为巨阁，刻之乐石，命其属为之记。初者御笔皆侂胄矫为，及是皆慈明所书。发、斌排韩车，语以"有御笔押平章出国门"，韩仓忙曰："御笔我所为也。"行至玉津，许郑发以节度使，郑不从，又曰："我当出北关门，_{韩见湖第于州。}如何出后潮门？"又曰："我何罪？"又语发以"何得无礼大臣"？郑叱以国贼而鞭之，归报震，震直趋省中。时钱象祖、陈自强犹在省，震至，钱不觉起而问之，曰："了事否?"震曰："已了事。"象祖始诵言韩已诛，陈作而再拜钱，且辞象祖，乞以同寅故，保全末路，象祖许之。后卫泾又以同谋诛韩忌史，史故黜泾，事在乙集。镪后以旨放还，因史变柏法，又欲谋史，故贬置象台。先是，有告御批之谋于韩者，韩答以当以死报国。又告之者甚苦，告者即周均。伛胄始与自强谋。自强荐林行可为谏议大夫，欲于诛韩日上殿，一网扫尽象祖以下出国中，韩居中应之。幸韩不得入内，若韩用私人小车径从和宁门入，斌、发必不觉，则谋韩者齑粉矣。然诛韩之计甚疏，王大受、赵汝谈皆预始谋，至书所欲施行之事于掌记，幸不败尔，败则慈明、景宪殆哉。时宁皇闻韩出玉津，亟用笺批殿司"前往追回韩太师"，慈明持笺泣，且对上以"他要废我与儿子"，又"已杀两国百万生灵，若欲追回他，我请先死"。宁皇抆泪而止，慈明遂笺云。

逆曦伪服印

开禧逆曦既诛，伪内史安公丙函其首与伪服、宫号来，上以首付棘寺，伪服与印付临安府军资库。时吴钢为倅，吏胥未以入库，急持来视，绍翁亦因以识其物。袍借黄，领拟赭；袍借赭，领拟黄。宫号用黄绢折角为四，文曰"出入殿门"。敌授以印，铸用今文曰"蜀王之印"，仅如今文思院给降式。曦自铸涂金印，文云"蜀国制敕之印"。

万　弩　营

绍兴末，孝宗命张浚置御前万弩营于镇江。癸未戍泗州，甲申与敌斗，皆有功。水心《钱表臣墓志》。

来　子　仪

来子仪与周洪道实布衣交，洪道既为枢使，子仪入都访洪道。洪道馆于嘉会门外表忠观,洪道欲因间荐之于上,特奏假。大臣出门访亲旧必奏。上问以何为,洪道奏上以访子仪。上首肯,不复问子仪谓谁。与子仪置酒极欢,道故旧外,示以近诗。子仪尽卷,则笑曰:"周枢使诗也,非周洪道诗也。"洪道问所以然,子仪曰:"昔徐师川少年工诗,晚位枢府,诗浸不逮于昔。人以为向来自是徐师川诗,后来自是徐枢密诗。"洪道笑而容之。

朱　希　真

希真有词名,以隐德著。思陵必欲见之,累诏始至。上面授以鸿胪卿,希真下殿拜讫,亟请致其仕,上改容而许之。

宁　皇　进　药

宁皇每命上医止进一药,戒以不用分作三四帖。盖医家初无的见,以众药尝试人之疾,宁王知其然。王大受之父克明号名医,遇病虽数证,亦只下一药,曰:"此病之本也,本除而病去矣。"王克明事出水心为墓铭。

秦　桧　待　北　使

绍兴,金国使持盟书要玉辂以载,百官朝服迎于丽正。桧使人谕以玉辂非祀天不用,且非可载书。辂虽不用,北使心欲百官迎拜,桧许之。翌日,命省吏杂以绯紫,迎拜于丽正,班如仪。北使造庭,又讶百官以立班上,既受书毕,百官呵殿缀北使以出。北使见向之绯紫诸吏犹立于门,始悟秦计。又敌人至庭,必欲上兴躬下殿受书,左右相顾,莫敢孰何。时王汴在班内,起而语敌曰:"尔是有书无书?"敌遂出书示之,汴夺书而进。敌计屈,归其国,以生事被诛云。绍翁据勾龙如渊《退朝录》绍兴八年十二月二十七日己卯,上召王伦入,责以取书事。既晚,伦见北使于馆,以二策动之,北使皇恐,遂许明日上。诏宰

执就馆见北使,受书纳入,人情始安。或曰秦桧未有以处,给事中楼
炤举谅阴三年之说以语桧,桧悟,于是上不出,而桧摄冢宰即馆受书
以归,敌始知朝廷有人。绍翁尝疑省吏及夺书一节得于所闻,未敢遽
载。如渊之论有据甚明,若就馆授书,则省吏与夺书之说,真齐东云。

真文忠公谥议

绍翁甲戌载真文忠谥事,后以呈示紫薇程公许,公惠绍翁以尺
牍,曰:"《闻见录》二帙并沐示教,记载详博,事得实而词旨微婉。他
日足以备史官补放失,非细故也。靖逸抱才,蓄学含章,退处著书,以
待来世,当于古人中求之。《闻见录》所记西山谥议一段,是时公许待
罪奉常,为博士,所订'文忠'二字,实参考公论与长官同寮商订累日,
而后敢落笔。间有一二公以为太过,然予此谥者,上下无异词,故议
下考功覆议,亦以为当。当时却不闻其家子弟与政府辩论一节,架阁
公即西山嗣,名志道。后入朝亦未尝一访。但建安诸贤及尝登西山之门
者,颇相称当,尚俟稍间搜索,副墨录以求教。"绍翁适感奇疾,不及从
公求副墨,公已去守袁州。紫薇程公尝历两制,世号为沧洲先生。

悼赵忠定诗

庆元初,韩侂胄既逐赵忠定,太学诸生敖陶孙赋诗于三元楼云:
"左手旋乾右转坤,如何群小恣流言。又曰"群小相煽动谣言"。狼胡无地居
姬旦,鱼腹终天吊屈原。一死固知公所欠,孤忠幸有史长存。九原若
遇韩忠献,休说如今有末孙。"又曰"休说渠家末世孙"。陶孙方书于楼之木
壁,酒一再行,壁已不复存。陶孙知诗必已为韩所廉,则捕者必至,急
更行酒者衣,持暖酒具下。捕者与交臂,问以"敖上舍在否?"敖对以
"若问太学秀才耶? 饮方酣"。陶孙亟亡命,归走闽。捕者入闽,逮之
入都。至都,以书祈哀于韩,谓诗非己作。韩笑而命有司复其贯,敖
陶孙旋中乙丑第,由此得诗名,《江湖集》中诗最多。予尝以其卷示杜
忠可,杜谓典实,其诗率多效陆务观用事,终不肯效唐风。初识南岳

刘克庄,得其诗卷,曰:"所欠典实尔。"南岳集中诗率用事,盖取其说。后得南岳刻诗于士人陈宗之,喜而语宗之曰:"且喜潜夫_{克庄字}已成正觉。"陶孙字器之,号癯翁,福唐人。

鹁　鸽　诗

东南之俗以养鹁鸽为乐,群数十百,望之如锦。灰褐色为下,纯黑者为贵,内侍蓄之尤甚。粟之既,则寓金铃于腰,飞而扬空,风力铃振,铿如云间之珮。或起从凤山,绍兴中有赋诗者曰:"铁勒金狨似锦铺,暮收朝放费工夫。争如养取南来雁,沙漠能传二帝书。"

宫　鸦

绍兴初,高宗建行阙于凤山,山中林木翳如,鸦以千万。朝则相呼鼓翼以出,啄粟于近郊诸仓;昏则整阵而入,噪鸣聒天。高宗故在汴邸,汴无山,故未尝闻此,至则大骇。又以二酋之逼,圣思逸不悦,命内臣张去为领修内司诸儿聚弹射而驱之临平赤岸间,盖去阙十有五六里。未几,鸦复如初。弹者伎穷,宫中亦习以为常。唐人诗多用宫鸦,盖唐宫阙依山云。

田　鸡

杭人嗜田鸡如炙,即蛙也。旧以其能食害稼者有禁,宪圣南渡,以其酷似人形,力赞高宗申严禁止之。今都人习此味不能止,售者至刳冬瓜以实之,置诸食蛙者之门,谓之"送冬瓜"。黄公度帅闽,以闽号为多进士,未必谙贯宿,戒庖兵市"坐鱼"三斤。庖兵不晓所名,遍问诸生,莫能喻。时林执善为州学录,或语庖人以执善多记,庖人拜而问焉。执善语以可供田鸡三斤,庖人如教纳入,黄公度笑而进庖人曰:"谁教汝?"庖以执善告,黄公遂馆林于宾阁云。执善记博而瓌奇,为南宫第一。试《圣人备道全美论》,至今举子诵之。有《林省元文衡事鉴》行于世。骊塘危先生稹、弟蟾塘和与之同年，视其手如龙爪而毛，盖林氏之家与庙相直，其母诞执善之夕尝与神遇，终为闽名儒云。惜乎强售人妇以为妾，其夫怨言执善，为有司杖之，抑郁而死，执善其后亦瘂死云。吁，士之不可不自爱也久矣！

史越王青词

前载史越王《辞免太傅表》，得之《闻见》，以为出于余公天锡之父。暨储行之孙沐录示，则非辞免表，盖青词云。"反本狐丘，寓诚獭祭，念此阖门之多指，泊于投老之一身"云云，欲用"侵寻岁月，八十有三"，未有其对。讷斋冯端方在坐，应曰："补报乾坤，万分无一。"王称赏久之。《四六话》中亦载，谓其本于古人之联，未知前今所载孰是。吴门友人之子胡□北访余公天锡之弟天任于四明，因举《闻见》所载，余公天任曰："是也，盖先伯所对。但'岁月'二字非是，其易为'甲子'。"天任与余公天锡为同气，后继其父季云。

司马武子忠节

中原既陷敌，忠义之士欲图其国，挈而南向本朝者甚多。盖祖宗之泽，时犹未泯也。谨按韩太监玉所记云："初，司马池之后朴，字文秀，借兵部侍郎使金营，金丞相、燕国王完颜宗幹见而异之，因授以尚书右丞。朴不屈，然犹纵其出入敌中，生子名通国，字武子，盖本苏武之义。通国有大志，尝结北方之豪，韩玉举事，皆未得要领。绍兴初，玉挈家以南，授京秩江淮都督府计议军事，其兄璘犹在敌中，以弟故与通国善。癸未九月，都督魏公遣张虬、侯泽往大梁问璘，璘因以扇赠玉诗云：'雝雝鸣雁落江滨，梦里年来相见频。吟尽《楚辞》招不得，夕阳愁杀倚楼人。'魏公见此诗于甲申岁春，复遣侯泽往大梁讽通国、璘等，行至亳州，为逻者所获。通国、璘与尝所与交聂山三百余口同日遇害，是岁三月十六日也。先是金主完颜褒之皇太子以都元帅留守大梁，乘十六传而至，以是月十一日交事。泽与通国、璘、山谋率壮士百人，袴伏短兵毕趋留守所庭劫之。如得留守，则大事可就，时留守左右与通国结盟者三万余人，而泽败于初十日。皇太子得其图籍与券，立焚之，独罪首事。时魏公开督府于丹阳，盖以右相出使巡边回也，闻之盛叹云：'某入见上，当白其事而旌之。'会魏公中道罢去，王亦寻责岭表。"通国之侄孙振自叙其事，曰："昔李翰作《张巡传》而不为许远立传，韩昌黎叹许远之忠节未能尽白于世，遂叙于巡传之后，使后之人知远之不屈于贼如此。夫为士而知逆顺之理，殒其身而全其节，此固人臣分内之事，其无后之人以发扬之，则忠肝义胆将遂泯没，岂不痛哉？吾祖尚书，靖康间奉使金敌，辞气激烈，谋略深远，虽不能遏其方张之势，而亦足以起其畏敬之心。及扈从北狩，不以利动，不以死惧，高宗加谥'忠洁'，褒崇之典极于一时。继又采择著之国史，吾祖之节无遗憾矣。若季父武子埋迹异域，一心本朝，起义未成，遽遭屠戮。后韩太监纪其详，王尚书希吕书其略，虽未能载诸史册，而节义之名庶几不至磨灭。韩昌黎以张、许二家子弟才智卑下，不能通知先志为羞；今季父节义未能彰彰于世，振若不能有以永其传，则是亦张、许二家之子弟也。敬以王、韩二记刊诸琬琰，以备异时高义君子发其潜德云。"王公希吕为之序曰："昔予居乡，有陕右林虎臣者自西而东，至符离家焉。其家邻居数月稍熟，因询以西事。林因辟人曰：'去年金人倾国犯淮南，吾乡之豪共千余人倡义而起，有司马通国者主其盟，将为批亢捣虚计，不幸事未成而几已露，司马氏之家数百指歼焉。俄其徒已变姓名，携妻子，因得出阙，以至于此。'予因叹曰：忠孝之节，其萃于司马氏乎？昔我先正温国文正公迨事四朝，惟忠惟孝，忠洁公继之，今通国又继之，皆以忠义愤发，效死北庭。事虽未成，亦可谓是以似之。惜乎时予在敌中，不能为作传，姑记其略，以俟询访。王希吕记。"绍翁窃谓通国受魏公之间，欲掩袭大梁以相应，敌知豪杰必出于此，故遣其子乘十六传而来，亦神矣。通国钦其志，宜息谋可也，为忠义功名所激，顾出于此，惜夫！绍翁谨按：韩太监所载谓魏公于甲申岁春见璘诗，因遣张虬、侯泽，盖隆兴二年也。隆兴元年癸未岁，魏公开督府，次年甲申兵败，王汴之和议遂成。通国败于三月，魏公罢于四月，相去一月事尔。_{浚，少保、保信军节度使、判福州。}

张史和战异议

　　自金人渝盟,兵革不得休息,民之创痍日甚。会天子新立,谓"我家有不共戴天之仇,朕不及身图之,将谁任其责?"乃奋志于恢复。由是天下之锐于功名者,皆扼腕言用兵矣。史公浩相时之宜,审天下之势,以为未可,上疏曰:"靖康之祸,孰不痛心疾首? 悼二帝之蒙尘,六宫之远役,境土未还,园陵未肃,此诚枕戈待旦、思报大耻之时也! 然陛下初嗣位,不先自治,安可图远? 矧内乏谋臣,外无名将,士卒既少而练习不精,而遽动干戈以攻大敌,能保其必胜乎? 苟战而捷,则一举而空朔庭,岂不快吾所欲? 若其不捷,则重辱社稷,以资外侮,陛下能安于九重乎? 上皇能安于天下之养乎? 此臣所以食不甘味而寝不安席也。张浚老臣,岂其念不到此? 而误于幕下轻易之谋,眩于北人诳顺之语,未遑精思熟虑,决策万全,乃欲尝试为之,而徼幸其或成。臣窃以为未便。上皇亲睹祸乱,岂无报敌之志? 当时以张、韩、刘、岳各领兵数十万,皆西北勇士、燕冀良马,然与之决胜负于五六十载之间,犹不能复尺寸地。今而欲以李显忠之轻率、邵宏渊之寡谋,而取全胜,岂不难哉! 惟陛下少稽锐志,以为后图,内修政事,外固疆圉,上收人才,下裕民力,乃选良将,练精卒,备器械,积资粮。十年之后,事力既备,苟有可乘之机,则一征无敌矣。"已而浚以枢密使都督江淮军马,请上幸建康以成北伐之功,史公曰:"古人不以贼遗君父,必乘舆临江而后成功,则都督安用? 且陛下远征,而上皇独留,敌以一骑犯淮,则此城之人骚然奔遁,上皇何以安处乎?"浚又请以所部二十万人进取山东,史公问:"留屯江淮几何人也?"曰:"半之。"复与计其守舟、运粮之人,则各二万,曰:"然则战卒才六万耳,彼岂为是惧耶? 况淄、青、齐、郓等郡虽尽克复,亦未伤于彼。彼或以重兵犯两淮,荆、襄为之牵制,则江上之危如累卵矣。都督于是在山东乎,在江上乎?"诘难于天子,凡五日。史公复劝浚曰:"明公以大仇未复,决意用兵,此实忠义之心。然不观时审势而遽为之,是徒慕复仇之名耳。诚欲建立功业,宜假以数年,先为不可胜以待敌之可胜,乃上计也。明公四十年名望,如此一旦失利,明公当何如哉!"浚曰:"丞相之言是也。虽然,浚老矣。"史公曰:"晋灭吴,杜征南之力也。而当时归功于羊太傅,以规模出于祜也。明公能先立规模,使后人藉是有成,则亦明公之功也,何必身为之?"浚默然,乃见上曰:"史浩之意已不可夺,惟陛下英断。"于是不由三省、枢密院而命将出师矣。其年五月,师渡淮。史公曰:"国之大事在戎。予以宰相兼枢密使而不获与闻,将焉用相?"遂力请罢归。归未及家,师败于符离,卒十有三万,一夕而溃死者不可胜数。资粮甲兵,捐弃殆尽。天子哀痛,下诏罪己,左相以议论诡随待罪,而都督以师徒挠败自劾矣。

宁 皇 登 位

前载宪圣策立宁皇事,虽黄屋初非尧心,而天下皆谓宜立。光皇当励精之初,薛公圭投北宫丽正书,言颇切至,盖孝宗之意初主沂邸,光皇亦属意焉。书略曰:"庶之乱嫡,自宫闱始。夫庶之乱嫡,则支之乱本之渐也;而支之乱本,则异姓之乱同姓之渐也;异姓之乱同姓,则又夷狄乱中国之渐也。"又曰:"陛下践祚,今既五年,皇子嫡长,已逾弱冠。玉册之命未布,而青宫之席尚虚。"又曰:"陛下不即天下之安,而冒天下非常之危;不守天下之常,而覆天下不测之变。采之游言,殊有惊悸;采之国论,曾无建明。"又曰:"祖父互疑,天地几变;子孙猜防,上下解体;支嫡交忌,臣民异心。臣始闻之,未敢遽信,今既日久,不容无惑。道路之言,喧传百端,中外之心,忧疑万状。燕公闻之,宁无怀贰,乘舆闻之,莫或改容;藩邸闻之,未免忧祸。此何等事也,而俾见于世?此何等议也,而俾闻于时? 陛下谓孝宗。盍亦自思其何以得此议?固宜自尽吾为祖为父之道也。上光宗。盍亦自思其何以得此议?固宜自尽吾为子为父之道也。"又曰:"陛下曾知有窃议之人乎? 否也。问之左右,问之在朝,盖有君也,不敢言矣;问之主上,盖有父也,不敢言矣;问之太子,盖有祖矣,仍有父也,尤不敢言矣。为臣之言不通于君,为子之言不通于父,为孙之言不通于祖,而微臣僭言之,死有余地矣。如蒙圣恩特垂天听,君臣之情通,自臣言始;父子之情通，自臣言始；祖孙之情通，自臣言始。臣虽身首异处，而忠孝获书于史册，虽瞑目于地下，将有辞以对越先朝十御皇帝在天之灵矣。"盖绍熙五年甲寅岁所上也。嘉熙壬寅，公圭之里人陈贵明为跋其书云："懒庵赵蹈中载宁庙之立，实出于水心先生之建议。虽然水心之议特出于一时之危疑，蹈中所载宁庙登极之诏，迟下数月，襄州之乱作矣，特以诏至而止。呜呼，孰知有献策于承平无事者哉！"初光宗疾不能丧，襄阳士人陈应详阴连北方邓州叛党，亦杀守臣张定叟，用缟素代皇帝为太上执丧，且举襄以顺北。适宁皇登极之诏甫三日而至，陈遂变色寝谋，旋为其党所诉。定叟临阅场，问之曰："朝廷负尔耶？太守负尔耶？"各命将士射之。先志其箭，中其肝者有某赏，中其心者有某赏，中其体若肢者有某赏。发陈之箧，惟缟巾数千云。先是赵蹈中具载水心赞嘉邸之语数十百，亲笔其颠末，绍翁未之见也。薛君，永嘉士人，子梦桂尝以其书藁示绍翁。当时陈议者恐不止一薛，然曲突徙薪之不赏，自昔然矣。

叶洪斥侂胄

洪字子大，为绍翁乡人，且年少负才不羁。庆元间，疾侂胄而未有间，洪馆于韩氏，即侂胄族子，盖呆儿也。以后戚预内宴，洪代为之书，径入于御，其最切至处云："侂胄弄权不已，必至弄兵。"宁宗以示侂胄，迹所为书则洪也，除名仕籍，编置邕管者十六年。嘉定初，尽复其官，并理编置年以为实历金书邕管事。洪旋终于任。

景灵行香

百官赴景灵行香，僧道分为两序，用其威仪咒语。初，僧徒欲立道流右，且曰僧而后道，至交讼久之。秦桧批其牍云："景灵、太乙，实崇奉道教之所，道流宜居上。"至今定为制云。绍翁以为在天之灵必不顾歆于异教，且市井凫簪之庸人宜皆斥去。近者淳祐进书例用僧道铙鼓前导，朝廷有旨勿用，盖得之矣。惜未施于原庙。

王　医

　　王继先以医术际遇高宗。当高宗拟谒郊宫，仅先期二日，有瘤隐于顶，将不胜其冠冕。上忧甚，诏草泽，继先应诏而至。既视上，则笑曰："无贻圣虑，来日愈矣。"既用药，瘤自顶移于肩，随即消若未尝有，上遂郊见天地。上尝以泻疾召继先，继先至则奏曰："臣暍甚，乞先宣赐瓜而后静心诊御。"上急诏太官赐瓜。继先先食之既，上觉其食瓜甘美，则问继先："朕可食此乎？"继先曰："臣死罪，索瓜固将以启陛下食此也。"诏进瓜，上食之甚适。泻亦随止。左右惊，上疑，问继先曰："此何方也？"继先曰："上所患中暑，故泻，瓜亦能消暑尔。"大率皆类此。其后久虚东宫，台臣论继先进药无效，安置福州，因家焉。王泾亦颇宗继先，术亦有奇验，然用药多孟浪。高宗居北宫，苦脾疾，泾误用泻药，竟至大渐。孝宗欲僇之市朝，宪圣以为恐自此医者不敢进药，止命天府杖其背，黥海山。泾先怀金箔以入，既杖，则以傅疮，若未尝受杖者。后放还，居天街，犹揭榜于门曰"四朝御诊王防御"。有轻薄子以小楮帖其旁，云"本家兼施泻药"。王惭甚。宁皇患痢，召曾医_{不记名}入视，曾诊御毕，方奏病证，未有所处。慈明立御榻后，有旨呼："曾防御，官家吃得感应丸否？"曾连称"吃得，吃得"。慈明又谕以"须是多把与官家吃"，曾承教旨对以"须进二百丸"。宁皇进药如数，泻旋定；又进二百丸，遂止。曾时坐韩党被遣，上遂于其元降秩上更增三秩。宁皇不豫滋久，谓左右曰："惟曾某知我性。"急召入，诊讫，呜咽不胜。上曰："想是脉儿不好也？"曾出，自诊其脉，谓家曰："我脉亦不好。"先宁皇一夕而逝。米南宫五世孙巨秀亦善医，尝诊史相脉，语未发，史谓之曰："可服红丸子否？"米对以"正欲用此"，亦即愈。史病手足不能举，朝谒遂废，中书要务运之帷楄。米谓必得天地丹而后可，丹头偶失去，历年莫可访寻，史病甚，召米于常州。至北关，登舟买饭，偶见有售拳石于肆者，颇异，米即而玩之，即天地丹头也。问售者："尔何自至此？"曰："去年有人家一妳子持以售。"米因问厥值，售者漫索钱万。米以三千酬值持归，调剂以供史。史疑而未尝，有闻者亦病痿，试服即能坐起；又以起步司田帅之疾，史始信而饵，身即轻，遂内引。及史疾再殆，天地丹已尽，遂薨于赐第。

高　士

孝宗圣性超诣，靡所弗究厥旨，尤精内景。时诏山林修养者入都，置之高士寮，人因称之曰"某高士"。皇甫高士，予既载其出入矣。又有谢高士，以从臣荐，讲《易》于宫中，孝宗问以老庄之学，谢对以："人主当以君国子民为心，若老庄之学，其侪之者欤？"易如刚最后洒扫高士堂，亦称高士，去其徒无甚异，唯善于趋谒，以故史越王、尤锡山、杨诚斋、陆三山颇与之游。陆公尝因斋宿竹宫，因叩其庐。有二苍童对弈，微闻松风间有琴丝棋弈声，陆公心羡，以为是何异神仙之居。叩二苍童，愿见高士，童答以高士已出，去某御药处。中贵人也。陆公叹息曰："高士亦见御耶？"笑而出。宫本中贵人提举，易所见者提举也，陆公未知之尔。然高士见本宫提举，亦非所以为高士矣，宜发陆公之笑也。宁皇圣性多可，其徒率因左右乞先生号，天庆陈道士、三茅张道士，俱不由给舍得先生号。陈书于状谒史相，史不悦，叱典谒改天庆观主衔，始命入。因谓陈工于修创，若先生号，岂可辄当？因谓三茅亦然。遂于群从官前及此，以如刚尝与越王诸公游奏之，上赐通妙葆真先生，敕由给舍下。先是史于赐第斋醮罢，戏命如刚升高席，如浮屠问对说葛藤。如刚乏辩，举道士姚公邃代己说法。姚从容就席，有僧作礼，而问曰："伺候于公卿之门，奔走于形势之途，足将进而趑趄，口将言而嗫嚅，如何谓之'岩隐'。"姚自号为岩隐。姚即对曰："若以色见我，以音声求我，是人行邪道，不能见岩隐。"僧屈伏，姚掷拂下座，史大加器赏。如刚后悔不自升席。史眷如刚浸异于姚，如刚谮姚于史不行，盖嘉定间事也。

萧　照　画

孤山冷堂，西湖奇绝处也。堂规模壮丽，下植梅数百株，以备游幸。堂成，中有素壁四堵，几三丈。高宗翌日命圣驾，有中贵人相语曰："官家所至，壁乃素耶？宜绘壁。"亟命御前萧照往绘山水。照受命，即乞上方酒四斗，昏出孤山。每一鼓，即饮一斗；尽一斗，则一堵已成画。若此者四，画成萧亦醉。圣驾至，则周行四壁间，为之叹赏。知为照画，赐以金帛。萧画无他长，惟能使玩者精神如在名山胜水间，不知其为画尔。

慈　　明

慈明太后越人也，善通经史，能小王书。母张夫人以乐部被宪圣幸，后以病归李氏，死葬西湖小麦岭下，地名放马场。宪圣常因乐部不协，顾左右曰："我记得张家，今安在？"左右对曰："已死矣，有女颇聪慧。"宪圣念张氏，故召后入，时年十一二。尝置宪圣侧，宫中谓之"则剧孩儿"。及既长，宁皇侍燕长乐，目后有异，而重于自请。宪圣知其意，遂燕宁皇而赐之，曰："做好看待，他日有福。"宪圣精于五行。由此遂正六宫之位。慈明所以报宪者无所不至，阁子内揭帖图则吴氏之宗枝也，居则指姓名以问左右，曰："这个有差遣也未？"每遣景献谕时相，凡除授必先吴氏而后其家。先是后葬其母于群宫人冢，阅岁浸久，至不知兄弟信。迨备六宫礼，始遣迎次侄、今永宁郡王于衢，或谓后父即兄也。葬张夫人处，盖天造地设，非人力所及。山自南高峰为冈阜，至夫人垅忽踊去，若龙昂首为岭。春阳发达，夫人坟有物若钟乳结成甍，渊泉环绕，源出百里。其家克知诗礼，福禄未艾也。宪圣父为宣靖王，先殡于金陵，暨宪圣备妃册，始敕葬天竺石人岭下。山自严陵来，为戴青岭，复蟠折百余，形若展袖，为葬王处。茔上有屋如堂，盖垂帘后父旧制也。山接武林，汇为冷泉，大江、西湖横前，水口俱有奇峰截秀，宜其启拥佑听政之祥云。宣靖王即今以为京师珠子吴员外是也，以蝆珠为业，累赀数百万。王，长者也，间行闾巷，周知贫乏者，每实金与交钞于囊，挟苍头奴，遇夜以出，虽家人莫知也。王从囊探金钞，则率家人罗拜，谓天所赐。王行之且三十年，迨苍头奴长，亦号"小员外"，为王置白金器于肆，以气与售金者争，至呼以"乞

儿"。售者不能平,遂持而问之曰:"我如何是乞儿?"苍头曰:"尔某年
某月日不得吴员外金与钞,你如何不做乞儿?"其人亟释苍头,翌日率
家人置礼拜谢王,王阳为"未尝有此"以谢之。王知隐德已泄,久则以
他故逐奴去。王尝有兴造,有神立于百步外,王遥问曰:"尔何神也?"
曰:"吾太岁也。君兴造实犯予,故避于百步之外,由君有阴德也。"王
笃生宪圣,宜哉!事异,不书于后传。

节　　度

　　太祖罢节度,立权发遣与权知之类,故士大夫作郡,皆自称曰"假
守",谓非真节度也。今节度亦非真名存尔,在权尚书上,正尚书下。
铸印界节之外,给半俸,视尚书则有宣麻之异与节堂使臣而已。宣麻
外,若皇子则上必降敕,谕本军官吏、军民、僧道、父老。如高宗敕常
德府官吏、军民、僧道、耆老曰:"朕以为国宗英,相予郊祀。克同寅而
竣事,爰易镇以增畲。眷惟常德之邦,邈在重湖之北。载更斋钺,已
锡言纶。凡尔军民,迨夫吏士,耸闻成命,谅溢欢心。"此则绍兴三十
六年高宗皇帝皇子普安郡王为本军节度使敕也。军民、僧道拜敕旋
讫,用紫绫背册列官属姓名并图经,以礼状申缴本官。非皇子亦用此。若
经从本镇,则太守必囊帒道左,尉拥箠前导,官吏、军民、僧道、耆老迓
于郊外,往往去本镇甚远,无复讲此。惟杨节使沂中坟墓在凤口。沂
中实为昭庆军节度,今安吉州。间因上冢,知守臣而下欲用此礼,遂命
从者迓出间道以避之。绍翁窃考本朝所以重节钺而不以轻授者,以
使相故也。故相以礼而去,才界节度使判某郡,而所谓节使俸给复减
半,而其位又在正尚书之下,则除授之际正不必宣麻锁院。以宰相为之,
故宣锁,后循用不改。惟宰相去国判郡除使相者不妨带宣,若他官特授者
正不必尔。况参预而下,等为大臣,俱用制除,而视权尚书者反得宣
锁,此皆制度因循有合厘正者。节钺轻授,甚至致仕亦有封驳者,有
正授而中司卷班以出者,有缴真俸者,是以视权尚书为重也。余除权
尚书、正尚书,设或未当,则封驳者绝少,未尝有争之如此力者,是可
讶也。且正尚书一间即为政府,节度自细转检校三少、太尉至于开

府,尚有三四转。且正尚书有不旬月致阶两地者,为节度至开府,或十年才一转。况任子京秩与小使臣之不同,阔略于正尚书,纤悉于节度使,愚实未解。绍兴十六年四月辛未,张澄以端明殿学士除庆远军节度使,众皆荣之,俗谓之"文极换武"。或节钺除仪同三司,则谓之"武极换文"。端明已视正尚书,节钺反居正尚书之下,俗以为荣,何也?

注 脚 端 明

嘉定李大性伯和以吏部尚书除端明殿学士,今俗谓"无注脚"。若有注脚,则降旨云"某人除端明殿学士,恩例并同执政"。危公积尝居著庭,倩绍翁草札送之,因命书史写"判府端明相公"。危以笔涂去二字,谓"此岂可轻以称谓"? 吴公铸以保康军节度提举万寿观,薛知院极称之曰"节使观使",史相弥远却称曰"观使节使相公"。二公世官,必各有据。

秃 头 防 御

军功内官虽授防团,若未去阶官,谓上有左武大夫之类。但视遥郡。惟近邸不带阶官,非有功特转不许去阶官,俗谓之"秃头防御"。使去横榜用圆状,视从臣矣。

贤 良

绍兴二年三月,资政殿大学士王绹表:"臣昨任提举万寿观兼侍读,正月二十四日奏事殿中,乞以臣父、故宣德郎、赠太子太保、先臣发,元祐中应贤良方正能直言极谏科目,所进策论十卷,凡五十篇,候装褾毕日,依臣见进故事例,诣通进司投进。"面奉圣旨,依奏。绹旋得请提举洞霄宫,缴进其父所为五十篇之文,表略曰:"惟元祐之纪元,复制科而取士。维时司马光之客,有若刘安世之贤,见所为书,举

以应诏。因知己之迁谪，并荐士而弃捐，事与志违，言随名寝。"盖是
安世既贬，发因不得召。东坡尝得其词业，致书谓"虑深词达，非浅陋
所及"，又曰"秦少游未第，王贤良久困场屋是也"。《挥麈录》载："张
咸，汉州人，应制科，初出蜀，过夔州，郡将知名士也，一见遇之甚厚，
因问曰：'四科优劣之差，见于何书？'张无以对。守曰：'载《孟子》注
中。'因阅示之，且曰：'不可不牢拢之也。'张道中漫思索，著论成篇。
至阁试，六题以此为首。主文钱穆父览而异之，为过阁第一。"咸即浚
父也，二贤良可谓有子矣。绍翁窃考《挥麈》所载，参以本朝六题之
制，必先经题注疏而后子史，以《孟子》注为首殆恐不然。曾慥序李贤
良高庙讳。字泰伯诗云："尝试六题，已通其五，惟四科优劣之差不记所
出，曰'吾于书无所不读，惟平生不喜《孟子》，故不之读，是必出《孟
子》'，拂袖而出，人皆服其博。"泰伯自序其文曰："举茂才罢归，其明
年庆历癸未秋科所著文。"云云，则是张公咸与泰伯同试于庆历壬午，
张遂中选，李遂报罢。区区科目，亦有幸不幸焉。以《挥麈录》考之，
则黜泰伯者，钱穆父也。南康祖无择叙泰伯之文曰："天子举茂才异
等，得召第一。既而试于有司，有司黜之。呜呼，岂有司之过耶，其泰
伯之命耶？"无择叙其文，未尝有不读《孟子》之说。门人陈次翁为撰
墓铭，亦曰："曾充茂才，有《富国》、《安民》、《强兵》三策，《易》、《礼》二
论，合五十首，天下传诵。及退居，为《周礼致太平论》并序五十首，其
敢天命。又有《潜书》、《庆历民言》、《寄范富孙公四书》、《长江赋》。
初未尝及不读《孟子》之说，惟公《盱江集》中有《常语》、《非孟子》，其
文浅陋，且非序者所载，疑附会不读《孟子》之说者为之剿入，非泰伯
之文明甚。"绍翁谨按：《登科记》庆历二年壬午岁八月，固尝召试才识
兼茂科，时阁下六题，其一曰《左氏义崇君父》，二曰《孝何以在德上
下》，其三曰《王吉贡禹得失孰优》，其四曰《经正庶民兴》，其五曰《有
常德立武事》，其六曰《序卦杂卦何以终不同》。初无四科优劣一题，
不知曾慥序泰伯之诗，何为凿空立为此题？当时六题中，唯《经正庶
民兴》出《孟子》，此儿童之所知，泰伯纵不喜《孟子》，不应父生师教以
来即不许读《孟子》，且非《孟子》注之比。绍翁窃考本朝有司命题，不
过六经本注与正义中出，或不出正义，未闻出子史注疏者。曾慥、《挥

麈》恐决无所据。是岁庆历二年壬午，中选者乃殿中丞钱明逸，实入第四等。而魏公之父咸实中选于绍圣元年，时为剑南节度推官，则绍圣又与庆历不同。本朝前后阁试，未尝有四科优劣之题。惜乎绍圣六题独缺不载，参合《登科记》、《挥麈录》之说，则泰伯所试乃《经正庶民兴》出《孟子》正文，实试于庆历二年壬午八月。咸试四科优劣之差，实试于绍圣元年九月，同试者右通直郎吴俦、福州布衣陈旸。是岁上以进士策有过于制科者，遂罢试。山台赵汝读常容况问绍翁以四科优劣之题，即答之以见于《挥麈》所载，实出于《孟子》大人天民之第二注末一句云。汝读即阅《孟子》得之，因叹"自父兄以来，寻此题不见。今乃得之于子"，因归而著此，以祛后人之惑。犹有三则续刻。

第　一　则

自绍兴二年复置此科，士无应令者。至乾道七年十一月，始取贤良方正能直言极谏科一人，则眉山李垕也。自孝宗即位十年，制科诏凡一再下，时科目久废，士皆不能为此学。乾道八年正月，翰林汪公以垕应诏，取其五十篇之文献之于上。上屡对近臣称奖，谓宜置之优等，以徕多士。巽岩李公焘，其父也，寻摄右史，直前奏事，上面谕尤宠。有司拘守令，持之久不下，迄用乾德、咸平、景德典故，呕令召试中书。垕尝一辞不获。盖以东南士人，忌之者众。九年夏四月，汪公出守平江，右丞相陈公出守福唐。五月，巽岩请补外，七月，得荆湖节。垕以状自列，乞侍亲养，待命于外。上曰："今秋八月，令中书引试。"时荐者汪公与王召大臣已去国，垕惧为当路所嫉，故恳辞。再三年，遂听其侍亲以行。十年始召试中书，六论命题已稍异盛时之制：一曰《人主有必治之道》，二曰《汤法三圣》，三曰《人者天地之心》，四曰《律历更相治》，五曰《三家言经得失》，六曰《扬雄张衡孰优》，六论合格，宰执持文卷以奏御，玉色欢动，曰："继今其必有应书者矣。"上曰："垕五题皆精记所出，虽《汤法三圣》不记所出，而能举上下文数百字，可谓难矣。"盖本朝六题四通，即谓之合格，垕亦既通其五矣。宰执又同辞而进曰："垕之弟塾，亦为此学。"上曰："盛事，盛事！"会召塾试，有司抉《魏相传》内"尧舜汤禹"四字以笼之，塾不能记，因赐帛报罢。轻薄子至作谑词，其略云："六论不知出处，写得乌梅几个。圣恩广大如天，也赐束帛归去。"世俗遂谓无真贤良，由是窃名应科者亦得以售其伪。且谓东坡犹不记六题出《管子》，子由同试，直以笔管敲试案方悟。此又齐东之语，与谓李泰伯不记四科之题大略相似。按东坡所试题一曰《王者不治外裔》，二曰《信礼义以成德》，三曰《刘恺丁鸿孰贤》，四曰《礼以养人为本》，五曰《既醉备五福》，六曰《形势莫如德》，五题俱精贯，惟《形势莫如德》东坡误认，以为出于《诸侯王表》。子由知其出于《吴起传》，而特不记其出于传赞之束句。俗谓子由不记《信礼义以成德》出《论语》"樊迟请学稼"下注，东坡因老兵斟铜蟾溢砚，坡恚曰："小人哉！"子由遂悟。虽六题有此，然其说亦不经，与所传《管子》事一也。《刑赏忠厚之至》盖省试论，非制科题云。

第　二　则

《愧郯录》载大中祥符六年，言者谓汉举贤良多因灾变，今受瑞登封不当复置此科，遂罢之。故天圣七年，复置此科。咸平四年四月，诏学士两省御史五品以上、尚书省诸司四品以下、内外京朝官幕职州县及草泽，各举贤良方正能直言极谏一人，已帖职者不举。是年八月，乃试贤良方正能直言极谏科。至景德二年，复置六科：一曰贤良方正能直言极谏，二曰博通坟典达于教化，三曰才识兼茂明于体用，四曰武足安边，五曰洞明韬略运筹决胜，六曰军谋宏远才任边寄。委中书试论，六首合格者亲试，是谓六科。盖前此止设贤良一科，今复唐六科。《愧郯》惜未精考，以为初不见罢科之日，而有复科之诏，此乃复唐六科之诏故也。六题既命试，至制策则恕矣。《愧郯》又疑林陶学士院不合格，以为前无此一试，不知乾德二年令吏部试策一道，已有旧比。今但不试吏部，试于学士院耳。

第 三 则

　　巽岩李公焘《制科题目序》："阁试六题,论不出于经史正文,非制科本意也。盖将傲天下士以其所不知,先博习强记之余功,后直言极谏之要务,抑亦重惜其事而艰难其选,使贤良方正望而去者欤?然而士终不以此故而少挫其进取之锋,问之愈深,则对之愈密,历数世未尝有败绩失据之过。士真多能哉?斯执事优容之也。迨熙宁中,陈彦古始不识题,有司准试不考,而制科随罢。君子谓彦古不达时变,宜其出也。先是孔文仲以直言极谏忤宰相意,驳高第,斥小官,彼佼佼焉,思纵其淫心以残害典则,厌是科之不便于己也,欲亟去之而不果遂。亟去之而不果遂,则姑置焉,名存而实亡矣。凡所谓贤良方正者,尚肯复从其游耶?彦古区区昧于一来,是必不敢高论切议也。殆揣摩当世,求合取容耳。传注义疏之纤微,且不及知,矧惟国家之大体,渠能有所发明哉?而执事者犹恶其名,决坏之然后止,彦古之黜宜也。而使天下遂无得以贤良方正能直言极谏举者,独何心欤?至于元祐,仅复旋废,其得失之迹,又可见矣。今天子明诏三下而士莫应,岂非犹惩于彦古故耶?盖古所谓贤良方正者,能直言极谏而已,今则为博习强记也,直言极谏则置而不问,殆恶闻而讳听之。逐其末而弃其本,乃至此甚乎?此士所以莫应也。余勇不自制,妄有意于古人直言极谏之益,而性最疏放,勉从事于博习强记,终不近也。恐其幸而得从晁、董、公孙之后,曾是弗察,而猥承彦古之羞。乘此暇日,取五十余家之文书,掇其可以发论者数十百题,具如别录。间窃颠倒句读、窜伏首尾,乃类世之覆物谜言,虽若不可知,而要终不可欺。戏与朋友共占射之,贤于博弈云尔,实非制科之意也。"绍翁窃详巽岩李公之序,谓熙宁中陈彦古始不识题,有司准式不考而制科随罢;先是孔文仲以直言极谏忤宰相意,驳高第,斥小官,其说有当考者。熙宁三年九月,试制科二人:贤良方正能直言极谏科,太常博士王□,才识兼茂明于体用科,太庙斋郎张绘。皆成都人。时贤良方正台州司户参军孔文仲对策,入第三等,诏以所对意尚流俗,毁薄时政,不足收录,以惑天下观听,令流内铨,告示还任。是岁御试罢诗赋用策。七年以进士试策,即与制举无异。时政得失已许人上封事,遂罢制科。此后彦古何缘又复召试,且特为彦古一人不通阁题而罢此科? 本朝阁试六题俱载《登科记》,所缺者,惟绍圣元年所出题尔。不知彦古所不通者何题,李公何不明载? 文仲不失一台州司户,亦无官可斥也。

高宗六飞航海

《挥麈》第三录第一卷,载高宗六飞航海事:有宣教郎知余姚县李颖士者,募乡兵数千,列其旗帜以捍拒之。敌既不知其地势,不测兵之多寡,为之小却,傍徨不敢进者一昼夜,由是大驾得以自定海登舟航海。事平,颖士迁两官,擢通判州事。颖士字茂实,福州人,登进士第,绍兴中为刑部郎中。绍翁谨按:《挥麈》所载李某事迹皆当,盖绍翁本生祖也。本生祖其先为光州固始人,徙居建之浦城,非福州也。秀岩李公心传《朝野金载》以真公德秀尝以《书》义魁乡举,真公业词赋,亦尝为魁。著述斯难矣,不知秀岩曾刊定否?

韦 居 士

绍兴初,时宰有荐韦居士于高宗者,高宗谕之曰:"当今谁知有元祐人如韦许者? 又尝赒急之,岂可以常人比哉!"命之以官。韦名许,字深道,世为芜湖人。从姑溪居士李之仪学,不事科举。筑室于溪上,榜曰"独乐",藏书数千卷。适黄鲁直兄弟、苏伯固父子来寓邑中,相与游从。许旧字邦任,鲁直易之以深道,而为之字说。元祐诸公之贬逐,士大夫畏祸,虽素所亲亦不敢相闻。有道江上者,公独留连之,极力赒急,不顾其他,士大夫以此多之。了斋陈忠肃公为作堂记,且为颂赠别。政和中,都邑以名开于朝,一时当路如建康帅卢襄给事、宣城守张叔夜、枢密李密大尚书,合词以荐,属朝廷多事,命不果下。至是宰臣又荐之云。韦虽拜官而邑人犹称居士者,盖了斋尝称之曰"湖阴居士",此载于《芜湖图经》。《图经》盖韩果卿所撰,曰绍孙尝以居士墓铭示韩云。朱文公之门人，贬逐正人，贫无以为路费，居士率致白金以邀诸路。然则韦之阙急，又不特元祐诸贤。绍翁谨按：绍兴元年至七月，宰相范宗尹。范罢，而后左相吕顺浩，又相秦桧。至二年八月，秦罢，然后朱胜非再相。《图经》谓绍兴初，时宰有荐韦于上者，恐非宗尹、桧，是必朱与吕耳。

九 里 松 字

绍翁乙集载吴说所书九里松字详矣，后阅《挥麈后录》六卷载吴传朋说知信州，朝辞上殿，高宗云："朕有一事，每以自歉。卿书九里松牌甚佳，向来朕亦尝书之，终不逮卿，当复以卿书揭之。"说顿首称谢。是日有旨物色说书，犹藏天竺僧笯，遂复揭之松门。传朋自云如此，但至今九里松字尚填以金，过者皆见，则绍翁乙集所载似是，而传朋不以语《挥麈》，何也？以绍翁考之，盖不特此。按《续稽古录》绍兴二年六月，颁黄庭坚《戒石铭》于郡县，亦用金书。圣人不没人之善如此。

王 正 道

甲集载胡公铨请斩桧事，因及王公伦，未暇详也。《挥麈余录》载王正道伦死于金。谓金人欲用为留守，不从，杀之。绍翁按：前后金使，于洪公皓、司马公朴，金皆尝以要职强之，皆不屈，然亦未尝杀之，甚至纵其出入。伦以不屈，顾被祸如此。以《王氏家传庙记》攻媿楼公文。与《挥麈》所载绝异，盖伦拘留北庭，密约宇文虚中劫敌反其地而南。谋泄，为敌所害。自是待遇本朝使者，如严寇盗矣。

张 通 古

《朝野佥载》：绍兴八年，北使张通古以行台侍郎来聘。稍工诗，其还也，归正燕人周襜与通古有旧，乞襜送至境上，通古赠诗为别云云。绍翁窃谓彼法至严，为之使者岂敢乞归正人至境？又云秦桧尝示之以胡公铨封事，一览即皆诵，此《金载》之过听也。绍翁尝考记载，胡公封事一出，敌中购以千金得之，通古能成诵久矣，何待诵于桧乎？且桧为大臣，何为与行人相授以胡公封事？此皆当订正，而后以备史氏之阙。

史文惠荐士张、史异论，已见前篇。

淳熙五年三月，史文惠浩既再相，急于进贤如初。朱文公熹、吕公祖谦、张公栻、曾氏逢辈，皆荐召之。朱公熹不仕几三十年，累徵不就，于是文惠勉以君臣之义，即拜诏。惟张公栻不至，盖以文惠与其父魏公浚淳熙初议不合也。君子立朝，议多不合，张公何慊而不至？盖犹泥于本朝避嫌之制云。

孝宗御制赐吴益

孝宗以太母故，加眷吴郡王益。益，太母弟也，秋气向清，圣意怡怿，至于手书御札一联云："称此一天风月好，橘香酒熟待君来。"命近珰持益。益入对，顿首称谢。上曰："聊复当折简耳。"

闽人讹传兆域

《愧郯录》六卷载闽人讹传皇祖兆域，可谓背治。至今闽人妄中起妄，谓朱信罪至拔舌。绍翁尝疑本朝宽厚，必无是刑，且朱信为本朝推本兆域，其事虽缪，其心不可谓之不忠。神宗故怜之，若非元丰具有"赦后勿论"指挥，则闽人之妄未易破也。讹传兆域在福州俱胘院灵石山，《愧郯》误以为碎石山。

天 上 台 星

开禧用兵,邓友龙、程松为宣抚、宣谕使,板授其属,谓之"宣干"。时政府惟有陈自强居相位,民谣谓之"天上台星少,人间宣干多"。或谓皇甫斌治于岳之城南,群优所萃也,其属谣焉,又谓之"城南宣干多"。又云"宣威郡不问,宣威,即斌也。恢复竟如何?"后有以节制今山讨李全者,其属猥众,又有易前二句云"塞上将军少,城南节干多"。《却扫编》载旧制诸路监司属官曰"勾当公事",建炎初避高宗嫌名易为"干办"。时军兴,属公数倍平时,有题于传舍云:"北去将军少,南来干办多。"盖始此。曹武惠以平江南功归,诣阁门自称曰:"勾当江南公事回",今世借授白帖,辄自称"某干管"云。

洞 仙 歌

绍兴间有题《洞仙歌》于垂虹者,不系其姓名,龙蛇飞动,真若不烟火食者。时皆喧传,以为洞宾所为书。浸达于高宗,天颜辗然而笑曰:"是福州秀才云尔。"左右请圣谕所以然,上曰:"以其用韵盖闽音云。"其词曰:"飞梁压水,虹影澄清晓。橘里渔村半烟草。今来古往,物是人非,天地里,惟有江山不老。 雨巾风帽,四海谁知我?一剑横空几番过。按玉龙、嘶未断,月冷波寒,归去也、林屋洞天无所。认云屏烟障,是吾庐,任满地苍苔,年年不扫。"久而知为闽士林外所为,圣见异矣。盖林以巨舟仰书桥梁,水天渺然,旁无来迹,故人益神之。

方 奉 使

乙集载莆阳方信孺出使事详矣,今又得之杨开国圭。圭尝典方始属,能言其与伪元帅辩难者甚至。方见元帅,元帅叱问之,曰:"前日何故称兵? 今日何故求和?"词色俱厉。公从容对以:"前日主上兴兵复仇，为社稷也；今日屈己求和，为生民也。二者皆是也。"元帅笑而不复诘。开国乃文忠真公之外舅，尝对真叹息云："我辈更吃五十年饭，时主年五十。也不会如此应对。"开禧间，文忠为学官，圭以三省枢密院酒官充书云。

草　头　古

嘉定间禁止青盖事，盖起于郑昭先无以塞月课，前录载其事。太学诸生与京兆辩，时相持之不下。薛惠之极、胡仲方榘，皆史所任也，诸生伏阙言事，以民谣谓胡、薛为"草头古，天下苦"，象其姓也。谓"虐我生民，莫匪尔极"，象其名也。薛不安其位，力乞去。时相谓曰："弥远明日行，则尚书今日去。"薛不能不留。自侂胄得柄，事皆不隶之都司，初议于苏师旦，后议之史邦卿，而都司失职。自时相用事，始专任都司。都司权居台谏上，既未免以身任怨，故蒙天下之谤。时聂善之亦时相，所任大抵以袁洁斋、真西山、楼旸叔、萧禹平、危逢吉、陈师虑辈，皆秀才之空言。善之帅蜀，道从金陵，逢吉之弟和为江东帅属，迎劳之于驿邸。聂因语之曰："令兄也只是秀才议论。"应祥不乐，竟不饯之，衔之终身。善之，士人也。胡、薛以儒家子习于文法云。

二　元

朱文公熹字元晦，中年自悔，以为元为四德之长，愧不足以称是，遂易曰仲晦。真文忠公名德秀，字景元，楼宣献公尝从容叩之以字义，真答以"慕元德秀之为人，故曰景元"。楼公取《诗》注"景行行止"处示之，则景之义为明，谓"高山仰止"对"明行行止"也。真遽易为希元。盖"景元"乃"明元"，无谓也。二公州里则同，而文公又真公所闻而知之之师，且谥又同一字，而字义之误，又皆能自知其非而易之。然当时至今但称二公曰元晦、景元，而未当称之曰仲晦、希元，盖其习称已久，而不能以遽易也。文忠始于举子，命字之义非得于师友，故始字曰实夫。后乡曲有轻薄子曰："只恐秀而不实。"故易曰景元。若文公则不然,其师友曰籍溪,曰延平,顾不能救其字之误也,而必俟公之自悔,其亦异于王通矣。通之弟曰绩,字无功。通曰:"神人无功,非尔所及也。"故终身名之。

单夔知夔州

单夔以家贫祈郡,孝宗圣听高远,知其所志,从中大书御札云:"单夔知夔州。"后竟不赴,易守建宁。钱象祖尝献珠搭当于韩侂胄,迨其致仕,词臣草诏,进封珍国公。二事略相似也。

宁皇御舟

张巨济字宏图,福清人。嘉泰间上书宁宗,以"慈懿攒陵今在湖曲,若陛下游幸,则未免张乐,此岂履霜露之义"? 宁皇感悟其言,旋转一秩,由此湖山遂无清跸之声,非特俭德云。御鹢至沉于波臣,黄洪诗云:"龙舟大半没西湖,便是光皇节俭图。三十六年安静里,棹歌一曲在康衢。"

两朝玉带之祥

徽宗亲解玉带以授康邸,遂基火德中兴之祥,事载国史诸书,此不复载。至高宗以常德为孝宗潜藩,尤有足纪者。先是常德有玉带渠在城内,本名永泰渠,端拱初或以水由坤入于城府最利,且避陵名,更名秀水。守臣龚颖篆秀水斗门以表之。熙宁元年,有异人号海蟾翁刘易者,寓天庆观,谓所善魏道士曰:"此水,郡之玉带,当有佩是者应之。"未几,孝宗启社。又流虹绕电之地,实曰秀州,亦秀水之谶云。

张公九成玉带

张公九成自为士时,尝遇至人许以官爵,见玉带则止。后张为抡魁,又天下相望所属,人谓至人之说且验。会公与客共观王钦若以计取上方解赐玉带事,则抚掌大恚曰:"奸臣!奸臣!"声渐微而公逝矣。嘉定间,宁皇赐史弥远、赵师撲、杨次山等以玉带,唯弥远上所解赐,他皆于内府。朝之仕者与四方之门生故吏,泛然启贺。赐带与赵、杨等混然无别,虽弥远未尝留意俪语,因览众启毕,独取一启内"解赐"二字曰:"此却知弥远是上解赐。"此启绍翁为人代作。

卷四　丁集

宁　皇　即　位

宁宗皇帝,光宗第二子,母曰李皇后。乾道四年十月二十日生于宫,以其日为瑞庆节。五年十一月除右千牛卫大将军。淳熙五年十月封英国公,十二年三月进平阳郡王,十六年三月封嘉王。绍熙五年七月五日奉太皇太后圣旨,就重华宫即皇帝位。年二十七。宪圣既拥立光皇,光皇以疾不能丧,宪圣至自为临奠。先是吴琚奏东朝云:"某人传道圣语'敢不控竭',窃观今日事体莫如早决大策,以安人心。垂帘之事止可行之浃旬,久则不可。愿圣意察之。"宪圣曰:"是吾心也。"翌日并召嘉王暨吴兴入,宪圣大恸不能声,先谕吴兴曰:"外议皆谓立尔,我思量万事当从长。嘉王长也,且教他做。他做了你却做,自有祖宗例。"吴兴色变,拜而出。嘉王闻命,惊惶欲走。宪圣已令知阁门事韩侂胄掖持,使不得出。嘉王连称:"告大妈妈,宪圣。臣做不得,做不得。"宪圣命侂胄"取黄袍来,我自与他着"。王遂掣侂胄肘环殿柱。宪圣叱王立侍,因责王以"我见尔公公,又见尔大爹爹,见尔爷,今又却见尔"。言讫,泣数行下。侂胄从旁力以天命劝,王知宪圣意坚且怒,遂衣黄袍,亟拜不知数,口中犹微道"做不得"。侂胄遂掖王出,唤百官班,宣谕宿内前诸军以嘉王嗣皇帝已即位,且草贺。欢声如雷,人心始安。先是皇子即位于内,则市人排邸以入,争持所遗,谓之"扫阁",故必先为之备。时吴兴为备,独嘉王已治任判福州,绝不为备,故市人席卷而去。王既即位,翌日侂胄侍上诣光皇问起居,光皇疾,有间,问"是谁",侂胄对曰:"嗣皇帝。"光宗瞪目视之,曰:"吾儿耶?"又问侂胄曰:"尔为谁?"对曰:"知阁门事臣韩侂胄。"光宗遂转圣躬面内。时惟传国玺犹在上侧,坚不可取,侂胄以白慈懿,慈懿曰:"既是我儿子做了,我自取付之。"即光宗卧内掣玺。宁皇之立,琚亦有助

焉。文忠真公跋琚奏藁于忠宣堂云："观少保吴公密奏遗藁,其尽忠
王室,可以对越天地而无愧,叹仰久之。丙子夏至富沙真德秀书。"光
皇疾不能丧,襄阳士人陈应祥阴连北方邓州叛党,欲杀守臣张定叟,
用缟素代皇帝为太上执丧,且举哀以顺北。适宁皇登极之诏甫三日
而至,陈遂变色寝谋,旋为其党所诉。定叟临阅场问之,曰:"朝廷负
尔耶? 太守负尔耶?"各命将士射之。先志其箭,中其肝者,有某赏;
中其心者,有某赏;中其体若肢者,有某赏。发陈之箧,惟缟巾数千
云。先是赵蹈中具载水心赞嘉邸之语数十百,亲笔其颠末,绍翁未之
见也。

庆 元 丞 相

嘉定初,赵忠定赐谥曰"忠愍"。大臣死非其罪,故以"愍"易名。
其家上疏自列,以为子孙所不忍闻,改"愍"为"定,"<small>公为侂胄所挤,至贬所服</small>
<small>脑</small>。然没其实矣。家集欲以"庆元丞相"为名,又以庆元亦有他相,故
但曰《赵忠定集》。其家又列于朝,乞毁龚颐正《续稽古录》。又以其
录传播四裔已久,乞特削其官,刊定正史。朝廷皆从之。颐正,布衣
也,名家子,家于和州,号称博洽。阜陵朝尝进《元符元祐本末》等书,
上嘉叹,俾阶主簿。庆元间颐正为太社令,尝续司马文正公《稽古
录》,后又循至著廷修史,纂进宁皇登位事,与其《录》相表里。颐正载
忠定事于《录》,则曰:"知阁门事韩侂胄入奏太皇太后,得旨以谕赵汝
愚等:来早太皇太后就梓宫前垂帘,引执政入班于几筵殿下。太常寺
先引汝愚等赴梓宫烧香毕,次赴太皇太后帘前起居奏事,奉太皇太后
圣旨:'皇帝以疾未能执丧,曾有御笔自欲退闲,皇子嘉王可即皇帝
位。'云云。皇子嘉王即皇帝位,于是赵汝愚、余端礼、陈骙等率百官
如仪。"据颐正载于《录》者如此,初未尝毁忠定也。疑载于正史必有
异辞。又详忠定子弟雪父冤、乞刊定之词云颐正修史,以忠定有"只
立赵家一块肉便了"之词,又有"白龙之梦",以此诋忠定。绍翁惜不
及拜览国史,恐前后史臣削去已久。绍翁前所载宪圣册立宁皇事,与
颐正所载略不少同。颐正外臣也,不知当时宫闱事,当以绍翁得之吴氏

者为详可信。嘉定时，颐正已死。先是绍翁未敢以吴氏之说为信，尝于西山书院会赵氏子弟，其说相符。赵氏以丞相女孙妻西山之子云。

考　异

先是，赵公汝愚喻殿帅郭杲，以兵三百至延禧殿门祈请国玺，欲自都省迎置于德寿宫。杲入，索玺于内珰羊驷、刘庆祖，二珰相语："若玺入杲，以他授，则大事去矣。况丞相云有'赵家肉即可做'，此是主张吴兴，则玺尤不可轻授。"二珰遂设计，谕杲以祥曦殿门非殿前宜入，宜俟于门下。先付玺，函封甚密，授于杲，杲奉函于都省。二珰径以玺从间道驰诣德寿宫宪圣殿。先是宪圣已召嘉王入德寿宫殿内，汝愚不知所奉者玺函耳，遂至宫门欲上玺。宪圣谕以"玺已置善所，嘉王已即位"，汝愚等皇恐称贺，宪圣遂专拥立之功。绍翁窃详前说，与吴、赵二氏既异，虽龚颐正《稽古录》志在诋赵，亦不及是。当阙所疑，以备史氏采择云。

考　异

副都知杨舜卿领兵。

考　异

和州布衣龚敦颐者，元祐党人原之孙也，尝著《符祐本末》、《党籍列传》等书数百卷。淳熙末，洪景卢领史院奏官之后，避光宗名，改颐正。朝廷以其有史学，嘉泰元年七月赐出身，除实录院检讨官，盖付以史事。未几而颐正卒。出李心传《朝野记》。前载颐正事，出袁公说友跋颐正《录》。

考　异

绍兴五年六月，宰臣留正等入奏，乞早正嘉王储位，以安人心，以建万世无穷之基。甲寅，留正等两具奏，乞立嘉王为皇太子。是晚，出御批："朕历事岁久，念欲退闲。"壬戌，正复乞去，出国门。癸亥，知阁门事韩侂胄入奏太皇太后，得旨以谕汝愚等来早太皇太后就梓宫前垂帘，引执政入班于几筵殿下。太常寺先引汝愚等赴梓宫前烧香毕，次赴太皇太后帘前起居奏事，奉太皇太后圣旨："皇帝以疾至今未能执丧，曾有御笔欲自退闲，皇子嘉王可即皇帝位，尊皇帝为太上皇帝，皇后为太上皇后。"诏曰："朕承列圣之洪图，受寿皇之内禅，抚有四海，于今六年。夫何菲凉，属兹和豫，遽罹祸变，弥剧哀摧。虽丧纪自行于宫中，而礼文难示于天下。矧国事之重，久已倦勤；荷祖后之慈，曲加矜体。皇子嘉王，仁孝之德，中外所推；居恒小心，未尝违礼，嗣膺大宝，兹谓得人。朕退安燕颐，遂释重负。何止循宅忧之志，抑将绵传祚之休。皇子嘉王可即皇帝位，朕移御泰安宫。播告远迩，咸使闻知。尚赖忠良，共思翼赞。"是诏盖宪圣命楼公钥所草，内云"虽丧纪自行于宫中，而礼文难示于天下"，天下称之。是日皇子嘉王即皇帝位，于是赵汝愚、余端礼、陈骙等率百官起居如仪。《续稽古》。先是甲寅六月丁未，宰执札子奏："皇子嘉王，仁孝夙成，学问日进，宜早正储位，以安人心。"癸丑，再入札子，御批云："甚好。"乙卯，再拟指挥进入，乞付学士院。是晚批出八字，乃上所云也。留丞相得之始惧。丙辰，再拟入，御批："可。只今施行。"己未，宰执再奏，乞面奉处分。晚，付出封题稍异，丞相不启封，付之内降房。七月庚申朔，汝愚趣启封，丞相视牍尾色忧，密为去计。辛酉，朝临仆于地。是日工部尚书赵彦逾见汝愚白事，汝愚微及与子意，彦逾大喜。汝愚乃俾彦逾驰告殿前都指挥使郭杲，许诺，议遂决。壬戌大祥，以五更入奏致其仕，易肩舆出城去。汝愚意欲躬诣太母，而难其人。知阁门事韩侂胄，太母女弟之子也，与温人蔡必胜同在阁门。必胜因其里人左司郎官徐谊、吏部员外郎叶适言于汝愚，遂令侂胄以内禅事附慈福宫内侍张宗尹入奏。太母素简严无他语，令谕汝愚耐烦而已。癸亥，侂胄再往，与重华宫内侍关礼遇，礼问知其谋，入白太母，言与泪俱。太母蹙额久之，曰："事顺则可。"礼遂简侂胄以"来梓宫前垂帘，引执政"。日过午，汝愚乃以谕同列，关礼又使所亲阁门宣赞舍人传密旨，制黄袍。

时上在嘉邸，殊不知，方以疾告。汝愚简宫僚彭龟年云："禫祭重事，王不可不入。"甲子，禫祭。杲与步帅阁仲先分兵卫南北面，太母垂帘，命关礼引王先入，次执政奏事。太母曰："皇帝已有成命，相公当奉行。"汝愚出所拟太皇太后圣旨云："皇帝以疾至今未能执丧，曾有亲笔自欲退闲，皇子嘉王可即皇帝位。尊皇帝为太上皇帝，皇后为太上皇后。"太母览毕，云"甚好"。太母劝上即位，上固辞，且顾汝愚曰："某无罪，恐负不孝之名。"群臣力请，遂即皇帝位于东楹之素幄，次行禫祭礼，人心始定。先是京口诸军讹言汹汹，襄阳士人陈应祥亦谋为变，举事前一日登极赦书至，遂败。朱熹尝谓上"前日未尝有求位之志，今日未尝忘思亲之怀，盖行权而不失其正"云。庆元元年夏四月，始用校书郎李壁奏，命正缴御札八字付史馆。

考　异

甲集载吴琚赞策事，文忠真公德秀为跋其密奏遗稿矣，其奏盖拟进于太上，乞太上宣布于外云："予与皇帝之情初无疑间，比以过宫稍希，臣僚劝请，反涉形迹。殊不知三宫声问络绎，岂在一月四朝方为尽礼？今天气向暑，过宫常礼宜免。如欲相见，当自招皇帝矣。乞誉降付留正等。"此绍翁亲目于琚之子钢，后又再索之于钢之子。近阅水心先生叶公适题王大受《拙斋诗稿》则曰："绍熙四年，光宗疾不能谒重华，谏者倾朝，谤者盈市。宪圣后兄子琚最贤，大受因琚奏孝宗：'陛下惟一子，不审处利害，恣国人腾口，取名于家，计大不便。且群臣以父子礼故诤不敢止，陛下何不出手诏云皇帝体不安，朕所深知，卿且勿言，须秋凉，朕自择日与皇帝相见也？'孝宗喜其策，会宴驾，不果用。"适以为"余实亲见"，不知二稿何为略不相似。大受往来诸公间，自以为预诛韩功。至是，钢白其先志于朝，大受必欲钢以如适所载其父稿，实大受所风，钢犹豫未上，会攻媿楼公钥愤其前与族兄镛有间，且毁其文，力言之于史相，期以必窜大受。又嗣秀王师揆言于朝："王大受一布衣，凡国之大议，须要讨分。"史遂命京兆去大受袍笏，编置邵武。钢遂以稿上，而削大受姓名。事有已见甲乙集者，今复详具。

庆　元　党

嘉定改元，真文忠公以太学博士轮对，奏札曰："庆元以来，柄臣专制，立为名字以沮天下之善者有二：曰好异，曰好名。士大夫志于爵禄，靡然从之，以慷慨敢言为卖直，以清修自好为不情。流弊之极，至于北伐举朝趋和，而争之者不数人。今既更化，当先破党同之习。"六年春二月，除起居舍人。夏五月，直前奏事，略曰："自权奸擅政，十有四年。始也朱熹、彭龟年以抗论逐，吕祖俭、周端朝以上书斥。其后吕祖泰之贬，则近臣已不敢言。又其后也，盗平章之名，起边陲之衅，求如一祖泰者，不可得矣。"文忠此疏不特为韩也。先是绍熙五年六月庚寅，朱文公熹除宝文阁待制，与州郡差遣，己亥，除知江陵府。初，宁皇之立，赵忠定公不用吴琚，事已载乙集。琚，慈福亲侄。乃召韩侂胄慈福表侄。而嘱之。韩本不得通慈福宫籍，乃介内侍关礼入白慈福，至涕泣固请。慈福召韩入，遣谕忠定，其议始定。韩自以为有定册之功，欲去忠定而未果。文公自长沙召入，闻之即惕然以为忧，因免牍寓微意。及进对，指陈再三，又约吏部侍郎彭公龟年白发其奸。彭护虏使以出，韩益得志。时忠定方议召知名之士，海内引领，以观新政，而事已多出于韩氏。文公既言于上，又数以手书遣其徒白忠定，欲处韩以节钺，赐第于北关之外，以谢其勤，渐以礼疏之。忠定不能用，文公自长沙行至衢州，以书招其门人聘君蔡元定。元定不至，复书无他语，但劝其早归。文公未去，顷韩讽伶优以木刻公像，为峨冠大袖，于上前戏笑，以荧惑上听。公犹留身讲筵，乞再施行前奏，则予郡之批已径从中出。然韩犹以公当世重望，美其职名，而优以大藩。公既去国，彭公方护使归，因奏："陛下近日逐得朱熹太暴，臣亦欲陛下亟去侂胄。"未几，彭亦以直批予郡。庆元元年，韩欲并逐忠定，诬以不轨，因以尽除天下之不附己者，名以伪学。而太府寺丞吕祖俭以争论忠定，贬韶州，而弟祖泰至黜而窜。初，词臣傅伯寿尝从公于武夷，当公恳辞待制，草制词云云，"逮兹屡岁，始复有陈前受之是，今受之非，谁能无惑？大逊如慢，小逊如伪，夫岂其然？顾尔务徇于名高，在我讵

轻于爵驭,俾解禁严之直,复居论著之联"云云。"噫,厌承明,劳侍
从,既违持橐之班,归乡里,授生徒,往究专门之学"。遂授修撰之命。
公尝用郊恩奏其子京官,故傅有"屡岁始陈"之诮。二年冬十月癸酉,
褫职罢祠,台臣击伪学,至榜朝堂。未几,张贵谟指论《太极图说》之
非,而沈继祖以追论伊川程正公为察官。某书所载为胡纮。今以文公年谱考
之,盖纮草而沈用之。而胡纮草公疏未上,会以迁去职,遂以授继祖,故有
是命。庆元三年丁巳春二月癸丑省札:蔡本作"二年十月"。"臣窃见朝奉
大夫、秘阁修撰、提举鸿庆宫朱熹资本回邪,加以忮忍,初事豪侠,务
为武断。自知圣世此术难售,寻变所习,剽张载、程颐之余论,寓以吃
菜事魔之妖术,以簧鼓后进,张浮驾诞,私立品题,收召四方无行义之
徒以益其党伍,相与餐粗食淡,衣褒带博,或会徒于广信鹅湖之寺,或
呈身于长沙敬简之堂,潜形匿影,如鬼如蜮。士大夫之沽名嗜利、觊
其为助者,从而誉之荐之。根株既固,肘腋既成,遂以匹夫窃人主之
柄,而用之于私室。飞书奏疏,所至响答,小者得利,大者得名。不惟
其徒咸遂所欲,而熹亦富贵矣。臣窃观熹有大罪六,而他恶又不与
焉。人子之于亲,当极甘旨之奉,熹也不天,惟母存焉,建宁米白甲于
闽中,熹不以此供其母,而乃日籴仓米以食之。其母不堪,每以语人。
尝赴乡邻之招,归谓熹曰:'彼亦人家也,有此好饭。'闻者怜之。昔茅
容杀鸡食母而与客蔬饭,今熹欲餐粗钓名不恤其母之不堪,无乃太戾
乎?熹之不孝其亲,大罪一也。熹于孝宗之朝累被召命,偃蹇不行,
及监司郡守,或有招至,则趣驾以往。说者谓召命不至,盖将辞小而
要大;命驾趣行,盖图朝至而夕馈。其乡有士人连其姓者贻书痛责
之,熹无以对。其后除郎,则又不肯入部供职,托足疾以要君,又见于
侍郎林栗之章。熹之不敬于君,大罪二也。孝宗大行,举国之论,礼
合从葬于会稽。熹乃以私意倡为异论,首入奏札,乞召江西、福建草
泽,别图改卜。其意盖欲藉此以官其素所厚善之人,附会赵汝愚改卜
他处之说,不顾祖宗之礼典,不恤国家之利害。向非陛下圣明,朝论
坚决,几误大事。熹之不忠于国,大罪三也。昨者汝愚秉政,谋为不
轨,欲藉熹虚名以招致奸党,持腹心羽翼骤升经筵,躐取次对。熹既
用法从恩例封赠其父母,奏荐其子弟,换易其章服矣,乃忽上章力为

辞免,岂有以职名而受恩数而却辞职名?玩侮朝廷,莫此为甚。此而可忍,孰不可忍?熹之大罪四也。汝愚既死,朝野交庆,熹乃率其徒百余人哭之于野。熹虽怀卵翼之私议,盍顾朝廷之大议?而乃犹为死党,不畏人言。至和储用之诗,有'除是人间别有天'之句,乃《武夷九曲》诗,非和储也。人间岂容别有天耶?其言意何止怨望而已!熹之大罪五也。熹既信蔡元定之说,谓建阳县学风水有侯王之地,熹欲得之。储用逢迎其意,以县学不可为私家之有,于是以护国寺为县学,恐是政和以县学为护国寺。以为熹异日可得之地。遂于农月伐山凿石,曹牵伍拽,取捷为路。所过骚动,破坏田亩,运而致之于县下。方且移夫子于释迦之殿,设机造械,用大木巨缆绞缚圣像,撼摇通衢嚣市之内,而手足堕坏,观者惊叹。邑人以夫子为万世仁义礼乐之宗主,忽遭对移之罚,而又重以折肱伤股之患,其又害于风教大矣,熹之大罪六也。以至欲报汝愚援引之恩,则为其子崇宪执柯娶刘珙之女,而奄有其身后巨万之财。又诱尼姑二人以为宠妾,每之官则与之偕行,谓其能修身,可乎?冢妇不夫而自孕,诸子盗牛而宰杀,谓其能齐家,可乎?知南康军,则妄配数人而复与之改正;帅长沙,则匿藏赦书而断徒刑者甚多;守漳州,则搜古书而妄行经界,千里骚动,莫不被害;为浙东提举,则多发朝廷赈济钱粮,尽与其徒而不及百姓,谓其能治民,可乎?又如据范染祖业之山以广其居,而反加罪于其身,发掘崇安弓手父母之坟以葬其母,而不恤其暴露,谓之恕以及人,可乎?男女婚嫁,必择富民,以利其奁聘之多;开门授徒,必引富室子弟,以责其束修之厚。四方馈赂,鼎来踵至,一岁之间而动以万计,谓之廉以律己,可乎?夫廉也,恕也,修身也,齐家也,治民也,皆熹平日窃取《中庸》、《大学》之书以欺惑斯世者也。今其言如彼,其行乃如此,岂不为大奸大慝也耶!昔少正卯言伪而辩,行僻而坚,夫子相鲁七日而诛之。夫子,圣人之不得位者也,犹能亟去之,而况陛下居德政之位,操可杀之势,而熹有少正卯之罪,其可不亟诛之乎?臣愚欲望圣慈特赐睿断,将朱熹褫职罢祠,以为欺君罔世、污行盗名者之戒。仍前储用镌撰官,永不得与亲民差遣。其蔡元定乞行下建宁府追送别州编管。庶几奸人知惧,王道复明。天下学者,自此以孔孟为师,而金人小夫不敢假托凭藉，横行于清明之时，诚非小补。"公遂拜表称谢曰："罪多擢发，分甘两观之诛；量极包荒，姑示片言之贬。迨复寻于白简，始知丽于丹书，负镌阁论撰之名，辍真祠香火之奉。兹为轻典，永赖洪休，捧戴奚胜，感藏曷谕！中谢。伏念臣草茅贱品、江海孤生，蚤值明时，已误三朝之睿奖；晚逢兴运，复叨上圣之深知。召自藩维，擢参经幄，略无可纪，足称所蒙。既远去于朝行，即永归于农亩。然犹界之秩禄，使庇身于卜祝之间；置在清流，容厕迹于图书之府。所宜恭恪，或逭悔尤，乃不谨于彝章，遂自投于宪网。果烦台劾，尽发阴私，上渎宸严，下骇闻听。凡厥大谴大诃之日，已皆不忠不孝之科。至于众恶之交归，亦乃群情之共弃。而臣瞆眊，初罔闻知，及此省循，甫深疑惧。岂谓乾坤之造，特回日月之光。略首从之常规既俾，但书于薄罚；稽眚终之明训傥许，卒遂于余生。是宜哀涕之易零，惟觉大恩之难报。此盖伏遇皇帝陛下尧仁广覆，舜哲周知，谓表正于万邦，已极忠邪之判；则曲全于一物，未昭黜陟之公。遂使顽蒙获逃窜殛，臣敢不涵濡圣泽，刻厉愚衷？虽补过修身，无及桑榆之景；然在家忧国，未忘葵藿之心。"初台臣劾公，仅见省札，而披垣见不敢草谪词云。以蔡、李所著二年谱考之，二年十月中书舍人阙官，三年丁巳春则高文虎实权中书舍人，三月真除，继是则范公仲艺、陈公宗召常制。以年谱之所载二年三年不同，续当有考。初，元定前以锡山尤公袤、诚斋杨公万里所荐，杜门著书，隐居不仕。台臣以元定与公游最久，谓公欲荐草泽易阜陵之卜，诬以为公易置建阳乡校基规为葬地，故疏云云。元定谪道州羁管时，建阳令储公用字行之，亦以劾罢，为其从公命也。公复郑公景实栗书云："储宰一日与邑中定议，而某亦预焉，其人谓元定。则初不及知，而其地亦不堪以葬。他时经由，当自知之。"又答储书云："闲中读书，奉亲足以自乐；外物之来，圣贤所不能必，况吾人乎？但新学一旦措手而委之庸髡，数日前已迁像设，令人愤叹不已。"庆元六年，公终于正寝。郡守傅伯以党禁不以闻于朝，犹遣人以赙至，其家辞焉。时故旧莫敢致哀，陆公游仅以文祭，有云："捐百身起九原之思，倾长河注东海之泪，路修齿耄，神往形留。公没不忘，庶其歆飨！"仅此六句，词有所避而意亦至矣。元定先公三年殁，以柩归葬，公以文恸之。其词曰:"窃闻亡友西山元定号。先生羁旅之梓,远自舂陵来归故里,谨以家馔只鸡斗酒酹于枢前。呜呼,哀哉!"略无他词。及其葬也,以病不能会,遣其子以文祭之,曰:"季通而至此耶,精诣之识,卓绝之才,不可屈之志,不可得而见矣!天之生是人耶,果何为耶?西山之巅,君择而居;西山之足,又卜而藏。而我于君之生,未及造其庐以遂半山之约;及其葬也,又不能扶拽病躯,以视君之及此真宅而永诀以终天也。并游之好,同志之乐,已矣!"陆公之祭文公,文公之祭蔡君,俱不敢以一字诵其屈,盖当时权势熏灼,诸贤至不敢出声吐气,以目相视而已。官荐书与士子家状,俱以不系伪学为保任。公《与田子真帖》云:"闻某颇居前列。"姓名已载李秀岩《朝野记》,兹不复述。又公《与饶廷老书》云:"道学二字,标榜不亲切,又不曾经官审验,多容伪滥,近蒙易以伪学,又责保任虚实,于是真膺始判矣。"嘉泰二年壬戌,除华文阁待制,与一子恩泽。郡不以公殁闻于朝,故有生前之命。于是党祸始平,而不知其所自。盖吴公琚与储公行之、项平甫游甚密,王大受又为水心先生门人,而吴又尝见止斋陈公执弟子礼。陈集有《回吴直阁书》。初,徐谊以忠被谴,徙南安,势汹汹未已,大受谋为薄谊罪者。一日,侂胄女归宁,忽致谊书。侂胄发函黯然,即移袁州。方议再移,会使臣蔡珽妄言牵引谊,众为惧,大受调护从容,竟得移袁州,寻归故郡矣。于是胡纮、刘德秀等多架造险语,且欲株陷良人,人人惶恐不自保。大受又请琚白太后,请外廷毋更论往事,大受力居六七,水心先生题《拙斋稿》。然事关宫闱,联畹戚,至秘,虽韩氏亦不知。吴公琚与大受所发,固非当时外廷与武夷弟子之所知。微水心先生发明之,则后之作史者安考?韩已渐疑琚阴援道学,至语其兄有"二哥吴与韩为中表,其位为兄。只管引许多秀才上门",吴由次对,遂乞郡以出。韩一日因赏花之会,戏谓琚曰:"二哥肯为侂胄入蜀,为万里之行否?"琚对以"更万里,琚亦不辞",韩笑谓曰:"慈福岂容二哥远去?前言相戏尔。"琚亦以他郡去。琚谥议云:"待制西清,陈义慷慨,无所回隐。至于诚心乐善,惓惓于当世之君子,而深识远虑,疾私忿之害公,恶偏论之失平,有关于天下国家之大者,士大夫往往愧之。"呜呼,若此者,世岂能尽知公哉!琚薨时,韩犹未败,故谥议微及其事云。此太常之云尔,考功张嗣古是之，云："深识远虑，惓惓于当世之君子，故有非学士大夫之所及者。"嗣古为韩甥，略不趋附。其使虏一节，已载前录。又有谯公令宪者，偶阅朱文公《论语》，以韩邀会介者促迫之登车，偶不省《论语》在袖中，至韩所欲揖，而《论语》堕地，韩为一笑。其后，令宪以江东部使劬公之子在，亦曰"臣尝读其父书"。当文公之向用也，其门人附之者众；及党议之兴，士之清修者深入山林以避祸，而贪荣畏罪者至易衣巾、携妓女于湖山都市之间以自别。虽文公之门人故交，尝过其门凛不敢入。乙卯岁，丽水吴君楝独蹙跞入武夷授《四书》，每日为课，文公多所与可。公大书"思齐"二字以励之，吴因以自名其斋云。文公之去国，寓西湖灵芝寺，送者渐少。惟平江木川李君杞独从容叩请，得穷理之学，有《紫阳传授》行于世。嘉泰之间，公为之类者已幡然而起。至嘉定间，偶出于一时之游从，或未尝为公之所知者，其迹相望于朝，俗谓"当路卖药"。临安售绵率非真，每用药屑以重之，故云。夫诵师说而失其本真，虽孔氏之门不能免，而其不出而仕者，仅颜、曾二三子。利禄之移人，虽贤者不能忘。当文公武夷绩溪之时，与其师友们弟子析义理之精微，穷性命之隐奥，视风乎舞雩之乐，殆将过之。出而龃龉，于仕坎壈，其身几陷入于深文。虽祸福决非公之所计，而士君子之出处，斯亦难矣。惟圣人备道全美，信夫！文忠犹及文公之时，时党禁，莫之敢见。文忠已中乙科，以妇翁杨公圭勉之同谒乡守傅伯寿，尽傅宏之业，未几中选，故不及门云。惜哉！

考　异

刘德秀仲洪为桂阳教官，考校长沙回，至衡山，遇湖南抚干曾摅节夫南丰人。亦自零陵考校回。曾，晦翁上足而刘之素厚善者也，同宿旅邸，相得欢甚。刘谓曾曰："仓司下半年文字，闻君已觅之，信否？"曰："不然。摅平生不就人求荐。"刘再三叩之，曾甚言所守端确，未尝屈节于人。刘曰："然则某欲得之，可乎？"曰："君自取之，何与吾事？"刘至衡阳以告仓属，仓属曰："长官已许曾节夫矣。"刘曰："昨遇之于途，而曰未尝觅文字于人。"仓属曰："不然。曾书可覆也。"取以示之，则词极卑敬，无非乞怜之语。刘叹息而去，曰："此其所以为道学也欤！"及刘为大理司直，会治山陵于绍兴，朝议或欲他徙。丞相刘公正会朝士议于其第，刘亦往焉。是早至相府，则太常少卿詹体仁元善、国子司业叶适正则先至矣。詹、叶亦晦翁之徒，而刘之同年也。二人方并席交谈，攘臂笑语，刘至，颜色顿异。刘即揖之，叙寒温，叶犹道即日等数语，至詹则长揖而已。揖罢，二人离席默坐，凛然不可犯。刘知二人之不吾顾也，亦移席别坐。须臾，留相出，詹、叶相顾，厉声而起，曰："宜力主张绍兴非其地也！"乃升阶力辩其非地，留相疑之曰："孰能决此？"二人曰："此有蔡元定者深于郭氏之学，识见议论无不精到，可决也。"刘知二人之意在蔡季通，则独立阶隅，默不发一语。留相忽顾之曰："君意如何？"刘揖而进曰："不问不敢对，小子何敢自隐？某少历宦途，奔走东南湖、湘、闽、广、江、浙之间，历览尽矣。山水之秀，无如越地，盖甲于天下者也，宅梓宫为甚宜。且迁易山陵，大事也，况国步多艰，经费百出，何以堪此？"公慨然曰："君言是也。"诸公复白赵汝愚第议之。至客次，二人忽视刘曰："年丈何必尔耶？"刘对曰："愚见如此，非敢异也。"既而刘辩之如初，易地之议遂格。刘因自念曰："变色而离席，彼自为道学，而以吾为不知臭味也，虽同年如不识矣。至枢府而呼年丈，未尝不知也。矜己以傲人，彼自负所学矣，而求私援故旧，则虽迁易梓宫不恤也。假山林以行其私意，何其忍为也！曰曾，曰詹，曰叶，皆以道学自名，而其行事若此。皆伪徒也，谓之伪学何疑？"未几，刘迁御史，于是悉劾朱氏之学者而尽逐之，伪学之名自此始。刘之帅长沙也，亲为晜言甚详，所记其颠末如此。节夫亦尝登葵轩之门，既而与王宣子辩其事，连上三书，言颇峻急，王帅以为悖而按去之。其去也，先生遗之诗，有曰："如何幕中辩，翻作暗投疑？"又曰："反躬端复味，当复有余师。"晜字明远，姓乐氏，湘中人。愚谓考亭先生建阜陵之议，本为社稷宗庙万年之计，天地鬼神实鉴临之，顾岂私于一蔡氏？蔡氏曩以孝宗之召犹不至，亦既罢场屋而甘岩穴。文公尝招之衢而不至，但曰："先生宜早归"。前后名公巨儒所以有考于蔡氏者，至公也，一乐晜其可异耶？《朝野杂记》亦为"阜陵之议，或云晦翁之意似属蔡季通也"，夫或之者，疑之也。秉史笔者其可为疑似之论耶？自文公以来，建之乡贵率少荐乡曲特起之彦，宁非惩此乎？

文 公 谥 议

　　初谥文公，太常博士章徕议曰："三才定位，非道无与立也。儒者之学，所以讲明是道，正人事之纲常，而参天地之化育。故世之治乱，常视道之隆污。若饥者之食必以谷粟，寒者之衣必以桑麻，不可易也。自周衰，正学不明，道术分裂，急功利者昧本原，其流为申、韩；尚清虚者忘实用，其弊为庄、老。孔、孟生乎其时，躬复是道，既与其徒辩问讲究，又著而为书，使后世有传焉。然辙环天下，诋毁困厄，至老不遇，而获伸于后世，盖真伪之相夺，固不容以口舌胜。而枉己直人者，又圣贤之所不为也。百年之后，爱憎泯而是非定，则毁誉息而公议行矣。至汉之扬雄，隋之王通，唐之韩愈，学孔、孟者也，其出处通塞，大抵皆然。故待制侍讲朱公自少有志斯道，既仕而志愈笃，累辞召请祠，益得以涵养所学。其后辞不获命，亦屡尝列位于朝，分符持节于外，而类多龃龉不合。主上龙飞，擢侍经筵，力排权臣而逐去，寻以论者诋伪学夺职，而公亦继以下世矣。权臣既诛，圣化日新，乃还旧职，特命赐谥。以公之学，曾不究用于平生，而仅昭白于身后，岂非儒者之道固不能以苟合，而亦不可以终泯？盖异世而同符也。谨按谥法，道德博闻曰'文'，廉方公正曰'忠'，惟公躬履纯诚，潜心学问，近承伊、洛，远接洙、泗。自格物致知，闲邪存诚，以为践履之实，用功于不睹不闻之际，加省于日用常行之间。及行著而习察，德新而理明，然后发圣贤蕴奥之旨，斥清谈功利之偏。训释诸经，平实坦明，使后学有所依据。居乡则信于朋友，而以讲切为功；居官则信于吏民，而以教化为务，非'道德博闻'之谓乎？惟公以难进易退之节，存忧国爱君之诚。为郡太守，则勤恤民隐，如恐伤之，奏减横赋，修举荒政，为民有请，不避烦渎，必使实惠下究。任部使者，则纠发下吏，不挠权势，虽忤时相，必得其职乃止。至于立朝，则从容奏对，极言无隐，剀切论疏，发于至诚。方权臣初得志，窃弄威福，知其渐不可长，祸弗顾也，非‘廉方公正’之谓乎？彼词章制作兼备众体，雄深雅健，追并古作，亦可以为文矣，而未足以为‘道德博闻’之文也。彼尽心献纳，随事规谏，或抗直以扬名，或削藁而归美，亦可以为忠矣，而未必皆‘廉方公正’之忠也。曰‘文’与‘忠’，惟公足以当之而无愧。合是二者以定公行，传之天下与来世，庶乎久而益信。谨议。”

覆　谥

考功郎官刘弥正议曰：“谥，古也；覆谥，非古也。谥法：‘谥生于行者也。’苟当于行，一字足矣，奚复哉！故侍讲朱公没，于爵未得谥，上以公道德可谥，下有司议所以谥，谨献议曰：‘六经，圣人载道之文也。孔子没，独子思、孟轲氏述遗言以传世，斯文以是未坠。汉诸儒于经，始采缀以资文墨，郑司农、王辅嗣又老死训诂，谓圣人之心，直在句读而已。至隋、唐间河汾讲学，已不造圣贤关域，最后韩愈氏出，或谓其文近道耳，盖孔氏之道，赖子思、孟轲氏而明。子思、孟轲之死，此道几熄，及本朝而又明。濂溪、横渠、二程子发其微，程氏之徒阐其光，至公而圣道灿然矣。公持心甚严，不萌一毫非正之念。其于书，拾六籍则诸子曲说不得干其思；其于道，不敢深索也，恐入于幽，不敢泛求也，恐泪其统。读书初贯穿百氏，终也蔽；以圣人之格言，自近而入微，由博而归约。原心于杪忽，析理于锱铢，采众说之精而遗其粗，集诸儒之粹而去其驳。曰纯矣哉，孟氏以来可概见矣。公中科第，时犹少也，薄游径隐，闭户潜思，朝廷每以好官召，莫能屈。不得已而出，惟恐去之不早。晚出经筵，不能五十日，而闲居者四十余年。山林之日长，讲学之功深也。平居与其徒磨切讲贯，皆道德性命之言，忠敬孝爱之事。由公之学者，必行己庄于人信。居则安贫而乐道，仕则尊君而爱民；重名节而爱出处，合于古而悖于时。好若此者，真公之学者也。呜呼，师友道丧，人各自长。公力扶圣绪，本末闳阔，而弄笔墨小技者以为迂；癯于山泽，与世无竞，而汩没朝市者以为矫；自童至耄，动以礼法，而跅弛捐绳墨者姗笑以为诞。世常以是病孔孟矣，公何恨焉！初，太常议以“文忠”谥公，按公在朝之日无几，正主庇民之学郁而不施,而著书立言之功大畅于后,合"文"与"忠"谥公,似是而非也。有功于斯文,简矣而实也。本朝欧、苏不得谥"文",而得之者乃杨大年、王介甫。介甫经学不得为醇,其事业亦有可恨;大年政复文士耳。文乎,文乎,岂是之谓乎!世评韩愈为文人,非也,《原道》曰"轲之死不得其传",斯言也,程子取之。公晚为《韩文考异》一书,岂其心亦有合与?请以韩子之谥谥公。谨议。'"上从,覆谥公曰"文"。嘉定元年戊辰冬十月,诏赐谥与道表恩泽,特谥曰"文"。

庆元二年戒饬场屋付叶翥以下御笔

"朕既萃天下秀彦试于春官,期得器量伟厚、议论平正之士,副异时公卿大夫之选。属婴哀疾,不能亲策于庭。惟赖卿辈协意悉心,精加衡鉴,网罗实才,毋使浮夸轻躁者冒吾名器。汝嘉,故兹诏示,想宜知悉。"盖为谅阴不能亲策,事体至重,故加戒饬。自此袭以为例,虽当亲策,亦加戒饬云。

科举为党议发策

自制科明数之问既罢,制科有明数,有暗数。李心传载亦未详。绍兴尝复而未盛,上之发策,下之对策,皆出于虚文。故士之知书日益少,而宏词遂得以擅该洽之誉,其至明经者不习故典,词赋者不谙传注,有司既奉上旨,遂发为问目云。孔子作六经而王道备,汉儒传六经而师说兴。自武帝劝学,置博士弟子员而传业者浸盛,一经说至数万言,众至千余人。班固赞《儒林传》谓"网罗遗失,兼而存之,是在其中"。以经说之多,若取是而去其缪安,经意自明,何必并存之乎?汉兴,言《易》者本田何,言《书》者始伏生。考之《艺文志》列施、孟、梁丘、欧阳及大小夏侯《章句》之篇数,而田何、伏生不著其名氏,岂以何无《易传》而伏生口以传授,承学者已广,故不必著见于志耶?孟喜主赵宾之说,释箕子谓"万物方荄兹",何以为明《易》?有守小夏侯说,文增师法,其言最多。说曰若稽古至三万言,其果有益于经乎?《诗》有鲁、齐、韩三家，独申公以训故为教，不著解说，辕固、韩婴皆谓之传，咸非其本义。史氏谓鲁最为近之，说《诗》盖不在多言矣。善为颂者不通经，不害为礼官，能记其铿锵鼓舞，而不能言其义，亦典乐。迨夫曹褒之在东都制定礼乐次序，其事为五百十篇。肃宗乃以众论不一，议《礼》之家名为聚讼，遂寝不行。郑康成注《仪礼》等记，书有驳有难，通人颇讥其繁。是岂通其经、言其义者适所以为病？武帝尊《公羊》，宣帝兴《谷梁》，一时诸儒并论，或从《公羊》，或从《谷梁》。《左氏》最后出，刘歆移书太常，欲以求助，乃反得讪。然则《公》、《谷》之立，《左氏》之难兴，岂时君各有好尚，或诸儒党同伐异，遂有去取之殊云云。发策词赋之士如此，然犹可以臆对，盖赋题出天子，大采朝日已为不恕，盖无复类书之可寻。故策问微恕，意欲使词赋者稍知传注之学，及首篇问目云。博物洽闻，儒者所尚已。防风专车之巨骨，肃慎氏楛矢之方，非圣人孰能辨之？对神雀五采之来集，有以鸑鷟在岐周为证者；问建章千门之制度，有以能画地成图应答如流者。然则博物君子，何世无其人乎？故西都著作之庭，必聚见闻殚洽之彦。贞元取士之目，兼设博通《坟》、《典》之科，此有国所赖以崇饰文治，其在是欤云云。今日韦布之士以科目应诏者，类多溺于虚诞之习，初无根柢之学，试历考前代所谓博洽之儒有见于世者，与诸君共评之。汉高以马上得天下，一时共成帝业者，皆武力功臣，而能安刘氏，乃在于厚重少文之人。是岂在上者未知崇儒，而博洽之士未之闻乎？及武帝之世，详延文学，儒者以百数，班史所称博物洽闻、通达古今，不过数人而已。是时制度多阙，诸儒议封禅之事，及得精于诵读者，其制始定，而固独以儒雅称之。岂雅为博洽之异名乎？东都之儒，有注《周易》、《尚书》、《毛诗》、《仪礼》、《论语》、《孝经》及《毛诗》诸驳，见称洽熟，有撰欧阳、大小夏侯《尚书》古今同异，齐、鲁、韩《诗》与毛氏异同，并《周官解故》行于世者，范晔不敢列于《儒林》，岂其博通经学，非以才艺自著欤？专门名家不同而然欤？唐贞观开文学馆召名儒十八人与论天下事，开元相望文学尤盛，有以功业显显著见者未易枚举。其间能辨古铜器知为阮咸初作，请《左氏春秋》之疑，能言三家七穆之不差，亦可谓博古矣。然考其人，或以类礼而作五难，或仅能论胡乐之乱雅，他无建明。岂所学不充所用耶？在唐之前，又有博学多通号为"武库"者，能处军国之要计无遗矣，其智识为如何？见谓书淫，坚守其志，不从辟召，而乃无意斯世，又果何所见耶？唐史臣品藻诸儒书，专于记习，他无大事业，则次为《儒学篇》，乃举天下一之于仁义归于儒，为宰辅所当为者，则今日欲得实才，必当出于博洽者，其止于诵习而已乎？抑为经史学乎？至第三问目，犹问左氏述虞人之箴，与兰台漆书之经，与《金鉴》序于贞观，《连屏》作于元和，《大训》、《帝範》、《衡扆》、《君臣》、《刑政箴》、《太医》等箴，固已兼制科宏词于问目，宜多士之不能涉笔也。中是选者，前二名莫子能、邹应乾，莫已有官，易居邹下。子纯该洽之士，真足备制科宏词之选已。是岁主司自鬶以下，曰倪思、刘德秀，策问指安刘氏者乃重厚少文之人，盖阴誉侂胄云。先是台臣击伪学榜朝堂，未几，张贵谟指论《太极图说》之非，鬶、思、德秀在省闱论文弊，复言伪学之魁以匹夫窃人主之柄，鼓动天下，故文风未能丕变，乞将《语录》之类并行除毁。是科取士稍涉义理者，悉见黜落。叶、刘俱附韩，策问非文节所为也，文节与韩、赵皆无所附。鬶为长，当出首篇，士愕莫知对。子纯以小纸帖所出于柱间，士皆感之。是时举子不事记诵，专习于空虚之谈。若射策中，至有"心心有主，喙喙争鸣"之语，转相模写，世之识者固已患之。特适值党议之兴，而士之遭黜者往往以为朝廷不取义理之文，得以藉口矣。当时场屋媚时好者至攻排程氏，斥其名于策云。

嘉　泰　制　词

庆元党论之兴，中书舍人陈傅良追削家居。嘉泰会赦，复官予祠，制词曰："日者宗相当国，凶愎自用，论者指为大奸似矣。盍亦考其所以然，盖亦妄庸人耳。何物小子，敢名元恶？而一时大夫士逐臭附炎，几有二王、刘、李之号，朕甚悯之。"其词盖皆顺时好，指赵忠定汝愚为愧耶。

卷五 戊集

岳侯追封

"人主无私，予夺一归万世之公；天下有公，是非岂待百年而定？眷言名将，宿号荩臣，虽勋业不没于生前，而誉望益彰于身后。缅怀英概，申畀愍章，故追复少保、武胜军节度使、武昌郡开国公，食邑六千户、食实封二千四百户，赠太师、谥武穆。岳飞蕴盖世之才，负冠军之勇，方略如霍嫖姚而志灭匈奴，意气如祖豫州而誓清冀朔。屡执讯而献馘，亦运筹而策勋。外慑威灵，内殚谟画。属时讲好，将归马华山之阳；尔犹奋威，欲抚剑伊吾之北。遂致樊蝇之集，遽成市虎之疑。虽怀子仪贯日之忠，曾无其福；卒堕林甫偃月之计，孰拯其冤？迨国论之初明，果邦诬之自辨。中兴之主，思念不忘；重华之君，追褒特厚。肆渺躬而在御，想风烈以如存。是用颁我丝纶，襚之王爵，锡熊途之故壤，超敬德之旧封。盖将慰九原之心，亦以作三军之气。於戏，修车备器，适当闲暇之时；显忠遂良，罔间幽明之际。尚惟泉壤，歆此宠光，可特封鄂王，余如故。"嘉定四年六月二十日，中书舍人李大异行。盖韩氏兴师恢复，故首封鄂王以为张本，而制中故有"作三军之气"与"修车备器"之词。

考 异

此制乃《金陀粹编》第二十七卷所载。《金陀粹编》乃王孙珂所载，决不致误。而纪闻者以李公大异为颜械，其误甚矣。嘉泰间，岳侯之死仅八十年，故有"天下有公，是非岂待百年而定"之语，谓必待百年而定，何也？盖纪闻者治赋若如所载，仅一无用原韵起句耳。恐史官误采其说，故详载云。

遗 事

开禧初降诏兴师,李公壁草起句云:"天道好还,盖中国有必伸之理;人心助顺,虽匹夫无不报之仇。"累词殆将数百。予侍叔父贡士泳自浦城行至都之玉津园前,售摹诏而读之。叔父曰:"以中国而对匹夫,气弱矣,其能胜乎?"已而兵果大败。敌因亦有伪诏诋韩侂胄云:"蠢尔残昏巨逆辄鼓兵端,首开边隙。败三朝七十年之盟好,驱两国百万众之生灵。彼既逆谋,此宜顺动。尚期决战,同享升平。"

毕 再 遇

再遇,临安西溪人,淳熙间以勇名于军。精悍短健,盖骁将也。开禧兵罢不支,再遇奋于行伍,年已六十,披发戴兜鍪铁鬼面,被金楮钱,建旗曰"毕将军"。敌骑望其旗已,相顾愕视。再遇乘之,出入阵中,万死莫敌。盖先是敌中有毕将军庙甚灵异,其后浸以不灵,其形又绝肖,且登其号于旗,敌兵以为本国之神。湖海贼作,再遇为淮东招抚使,建治于扬州,虽杀戮过当,而贼亦旋定。尝延客高会,取贼肝胃烹而荐酒。又擒其魁,用火尺烙其背,为棋笛琴丝之类。再遇不善书,其弟□颇能书,尝为其赞画于内。朝命再遇释印入觐,留都亭驿。其弟尝污其宠妾,因酒大悖再遇。再遇不能忍,以铁尺杀之,具奏闻于上待罪,且谓其弟非同产,盖义兄弟。有旨放罪。未几,台臣以其被召乃以军容入国,且及其手残同气,有旨徙之雪川。继而又论其在淮为招抚日多糜金钱以馈过客,追十六万缗寓于雪之军帑。再遇以田券折纳于有司,仅得十万。守臣杨长孺怜之,为代纳六万云。其详见季常簿著《谥议》。

周 虎

虎,平江人,今有武状元坊,则其家也。黄公由以进士第一人旄其坊为"状元",故用"武"字以别之。虎倜傥有大将器,身兼文武,能赋诗,工大字。开禧间守和州,敌骑蔽野,居民官军无以为食,城欲下者屡矣。其母夫人自拔首饰食具,巡城埤,遍犒军,使尽力一战。命虎同士卒甘苦,与之俱攻围以出战。士卒感其诚意,遂以血战,敌骑几歼。上守城功归于母,朝命封以"和国",赐冠帔云。虎之居吴也,言者以为韩党,坐安置信州。虎既贫,不能将母以往。未几,谪所闻讣号恸,誓不复仕。放还,杜门托躄疾,屡召不起。虽旧所部候之,亦坚不与接,但唶于庭而去。

田　俊　迈 事略见前集。

俊迈当开禧北伐,七日之间攻破宿州,下灵璧、虹县,先锋甚锐。郭杲兵败,乞和于敌。敌曰:"我不要别物,但要俊迈。"杲缚俊迈往。其子讼父冤,杲坐是斩于丹阳市。赐俊迈谥,官其二子,赐宅一区。

开禧施行韩侂胄御批黄榜

开禧二年十一月三日圣旨:"韩侂胄久任国柄,粗罄勤劳,使南北生灵枉罹凶害,以至敌人专以首谋为言。不令退避,无以继好息民,可罢平章军国事,与宫观。陈自强专务阿谀,不恤国事,可罢右丞相,日下出国门。"前一日,钱象祖、卫泾、李壁以御批付殿前夏震,震至日遣其将郑发截韩于六部桥,至玉津园,遂以铁鞭击死之矣。诛韩本末,已载丙集。韩诛后三日,皇子、威武军节度使、开府仪同三司荣王臣询札奏:"辄沥危衷,仰干天听。臣切伏自念至愚不肖,获共子职,仰戴天地父母覆育之恩,夙夜以思,未知报称万分之一。今日之事,有系国家安危大计,势甚可虑者,不敢不亟陈于君父之前:臣伏见韩侂胄久任国柄,粗罄勤劳,第以轻信妄为,擅起兵端,蹂践沿边郡邑,室庐焚毁,衣食破荡,父子、夫妇离散不能相保,兵连祸结,蠹耗国用,疲困民力,生灵无辜殒于锋镝之下,不可胜计。死者冤痛,生者愁苦,海内之民无不切齿忿嫉,归咎于侂胄,盖其权势足以钳天下之口而不敢言。

臣而不言，死有余罪。况今敌情叵测，专以首谋为言，若不令其退避，使之循省误国之愆，必致上危宗社，重累君父，臣此身亦何所容。是敢冒昧奏陈，欲望圣慈特发睿断，罢佹胄平章军国事，与在外宫观，日下出国门。安边继好，保邦息民，实在此举。宗社幸甚，天下幸甚！所有陈自强，专意阿附，备位无补，欲望并赐罢黜。如臣言可采，乞速付三省施行。干冒天威，臣无任。"十一月三日，三省同奉圣旨并依。

罢韩佹胄麻制

"门下：朕图回机政，委用柄臣。远至迩安，所赖经邦之益；力小任重，难逃误国之辜。揆以群情，奋由独断，爰诞扬于免册，容敷告于泊朝。太师、平章军国事、平原郡王韩佹胄，盖以勋门浸登显路，久周旋于轩陛，适际会于风云。服劳王家，意前人之是似；预闻国政，殆故事之所无。位极王公，职兼文武，宜思靡盬之义，用答非常之恩。而乃植党擅权，邀功生事，不择人而轻信，不量己而妄为，败累世之欢盟，致两国之交恶，三军暴骨，万姓伤心。列圣有好生之德，尔则专于嗜杀；朕躬有悔过之实，尔则务为饰非。公事诞谩，曾非顾忌，遂至敌人之未戢，专以首谋而为言。临机果见理明，既无半策；得君专行政久，徒积众愆。倘令尚处以庙堂，何以遂安于社稷？欲存本体，姑畀真祠，庸少慰于多方，以一新于庶政。於戏，威福惟辟，朕方亲总于大权；明哲保身，尔尚自图于终吉。往其祗若，兹谓优容，可罢平章军国事，依前太师、永兴军节度使、平原郡王，特授醴泉观使，在外任便居住，食邑实封如故。"罢自强制云："以道事君，所冀赞襄之益；朋奸罔上，乃辜委寄之隆。殊咈岩瞻，宜从策免，特进右丞相兼枢密使、国公陈某起云云。沉厚之略，亟用是宜；岂期胡广无蹇谔之风，优礼何补？粤从言路，进秉国钧，不思洗心之忠，徒附炙手之势。以庸庸为上策，以唯唯为善谋。贿赂公行，廉耻俱丧。钟鸣漏尽，而行且弗止；鼎折餗覆，而任何以胜？暨权臣轻启于衅端，与邻境顿乖于和好。内郡竭于粮饷，边城疲于干戈。谁无忧时之思，独为保位之计。拟而言，议而动，悉付括囊；危不持，颠不扶，殆成挠栋。尚不亟从于退黜，必将愈积于罪愆。爰解军枢，俾奉香火，犹以股肱之旧，务全体貌之存。於戏，乞骸骨以避贤，已昧满盈之戒；归田里而思过，无忘循省之诚。往服宽恩，益祇明训，可罢右丞、枢密使，依旧秦国公、醴泉观使，在外任便居住。"自强自出国门，每朝必朝服焚香，自云"从天乞一线之命。"行至浦，其族人陈正和为宰迎劳于郊，自强太息曰："贤侄，贤侄，大丈夫切不可受人大恩！"雪涕而出。自强本太学诸生，尝居韩氏馆，实训佔毕。宪圣女弟魏夫人，实佔毕母，见其举止凝重，交游不妄，尝器重之，谓佔毕曰："他日得志必用之。"陈登科，为光泽丞，其年已六十矣。主簿张彦清登科最早，而其年方盛，尝玩侮之。杨开国圭彦清之友也，尝访彦清，因以谢自强。每敬陈，不敢狎，因私语陈曰："子姑自重，以相法论之，不十年为宰相矣。"自强以为彦清讽圭玩己，而又以圭平日无狎语，姑信之。及自强为丞，去官调阙，知韩已得柄，漫往候之。刺入，佔毕约以来日从官来见。当是时，自强不测其意，明日又漫往。佔毕于群从官中前设褥，拜自强云："许多时先生在何处？"翌日，从官即交章特荐入台，不期年遂拜相云。圭事已载前录。自朝廷以岳侯赐第为太学，有善司听者闻鼓声，谓学中永无火灾，亦不出宰相。久之，自强破谶而相，自是以诸生致宰相者相望矣。阴阳拘忌之说，可信乎？彦清亦往候，自强怜其选调，欲荐之韩。其子语之曰："爷不记光泽之事乎？"真文忠铭彦清墓，谓其不趋附自强，此殆过也。文忠中宏博，由南剑判官召入为国录，寓于圭之酒官舍，即今之清风坊。彦清实于是年见自强，予所亲目云。

臣寮雷孝友上言

"臣闻《书》曰：'惟辟作福，惟辟作威，惟辟玉食。臣无有作福作威；臣之有作福作威，害于其家，凶于其国，人用侧颇辟，民用僭忒。'释之者曰：'君臣之分，贵贱有常。正当一统，权不可分。作福作威，谓秉国之权，勇略震主者也。人用侧颇僻，民用僭忒，谓在位小臣，见彼大臣威福由己，由此之故，皆附下罔上，亦有因此而僭差。'夫箕子告武王以《洪范》，陈天地之大法，而独于此谆谆其严，凛乎其不可犯，真足以垂戒万世。且以作福作威而害家凶国，祸已如彼，而况征伐自天子出，圣有明训，人臣而可专之以贻祸天下哉？臣仰惟陛下，天资仁孝，身履恭俭，率礼守法，畏天爱民，未尝有一过举。以韩侂胄获联肺腑，久事禁密，见其言时小心畏谨，故每事询访，觊有俾补。侂胄所宜仰戴恩遇，勉自抑畏，密勿弥缝，图报万一；而习于膏粱，不学无术，任重力小，轻躁自用。陛下少加假借，侈然骄肆，窃弄威福，恐人有欲议己者，乃首借台谏以钳制上下。除授之际名为密启，实出私己，而奸险之徒，亦乐为之鹰犬。台谏之官使诚出于天下之公选，人主之亲擢，论议章奏允协人心，听之可也。今专植私党，任用匪人，凡有所言，无不阴授风指；而每告陛下，必谓台谏公论，不可不听。自是威福日甚，无复忌惮。稍有异己，必加摈斥，以专权擅朝，干分败常。自知其无所容，乃巧图兵柄，以为固本之策。撰造间谍，轻绝和好，遽起兵端。逆曦之任殿岩，侂胄交通狎昵，踪迹诡秘，人已窃议。当孝宗在位之日，以吴氏世掌兵权，圣虑高远，吴挺之生逆曦，年甫弱冠，因其来觐，留之禁卫，以系人心。及挺之死，至易以他将。逆曦在光宗朝，亦不过假守边郡。侂胄既荐为殿岩，又纳赂以纵其归，复任西帅，付以全蜀，识者盖已寒心。果挟强敌以畔，人尤不能无疑于侂胄，而侂胄亦何辞以自解？藉曰无他，而虎兕出柙，咎将谁归？以至皇甫兵之败于唐州，李汝翼败于符离，商荣败于东海，郭倪败于仪真，郭倪之抱头鼠窜，仅以身免。将不素择，兵不素练，轻举妄动，自取困衄，殆理势之必然，而所以致此者，抑有由也。苏师旦起于笔吏之贱，侂胄奔走之旧，荐进宠用，不三四年，骎骎通显。凡武臣之建节，非近属懿戚，元勋宿将，不以轻畀，举而授之奴隶。昔秦桧居相位垂二十载，不为不专，假宠使令，如贾玙、丁禩不过武功大夫，未尝处以朝廷职任，而师旦为御带，为知阁门，为枢密都丞至秉旄钺，此秦桧之所不敢为而侂胄敢为之。师旦何知？习利忘耻，固其常态。既为侂胄所亲信，遂招权纳贿，其门如市。自三衙以至江上诸帅，皆立定价，多至数十万缗，少亦不下十万，致败。侂胄不得已，稍从黜责。诸将往往退有后言，谓吾债帅而责以战将，途路籍籍，传笑境外，遂益有轻视之心。师旦旋以败露，削籍投荒，虽加之罪而心实不服，扬言于人，谓诸将贿赂，非所独得，盖指侂胄而言。然则师旦之审，非专于伸国宪，亦侂胄籍之以自文尔。抑侂胄之专擅，尤有大可罪者。臣闻国家有大兴作，谋及卿士，谋及庶人，《礼》曰：'天子将出征，类乎上帝。宜乎社，造乎祢，祃于所征之地。受命于祖，受成于学。'岂非兵凶器，战危事，故谨重如此。侂胄之举事，上不取裁于君父，下不询谋于缙绅，至于陛下侍从近臣有不得与闻，同列不能尽知者。甚至密谕诸将出师之日，潜假御笔以行之，外廷曾不及见。已破泗州之后，曲为之说，以罔圣听，始谕词臣降诏。迨沿边连以败报，悉皆蒙蔽，而谕夫诸将第以捷闻，人情汹惧，几不自保。幸祖宗德泽在人，逆曦授首，敌亦以粮乏而自遁。然而三边兵民毙死于锋镝，困于转输，沦于疠疫，室庐焚荡，田业荒芜，遗骸蔽地，哭声震野。斯民何辜，而致此极？至于强虏频年金刷，皆吾中原赤子，彼惟重其族类，而虐用吾民。光化之战，至驱金军又俘系老弱几数千人，填塞濠堑，以度军马。河南之地十室九空，而两淮四十余年生聚遂成丘墟。是南北数百万生灵之命，皆侂胄一人杀之也。皇天后土，能鉴陛下之心，虽敌人亦知其非出于陛下之意。是以督府每遣小使使敌帅，书问往复，必以首谋奸臣为言。使侂胄本无邪谋，只以轻信误国，至此亦当审察事势，束身请罪，退就贬削，犹有辞于天下。乃偃蹇居位，麾间唯容，遇边报稍稀，辄为大言。每执己见，则曰'有以国毙'，闻者缩首。夫国者，太祖、太宗、高宗之国，而纵侂胄毙之，可乎？方倚腹心以为台谏，文饰奸言，谓之'一人定国论'，以禁异议，怙终不悛，殆将罔测。夫侂胄本以庸暗无知养成奸恶，得罪天地，得罪祖宗，得罪举国兵民，纳侮异域，孩提孺子口皆能言，心无不怨，而劫于积威，曾无一人敢为陛下言者。赖陛下觉悟出自英断，特降御笔处分，且蒙圣恩，不以臣疏远无似，出长宪府。臣虽见具辞免，而已入台供职，亟举其专权误国之大者言之，其他罪恶擢发不足以数，未暇枚举。如陈自强者，昏老庸谬，本无寸长可取，徒以尝假馆于侂胄，由州县小官数年间汲引拔擢，以致陛下过听，用为次相，阿附充位，不恤国事，不遵圣训。中书机务唯唯听命，一无可否。侂胄曰'兵当用'，自强亦曰'当用'；侂胄曰'事可行'，自强亦曰'可行'。每对客言：'自强受恩深，只得从顺。'然则从之者与？自强之罪，亦不可胜诛矣。若其贪黩无艺，政以贿成，鄙猥之状，言之几污口舌，臣亦未暇悉论。伏望陛下详览臣奏，将侂胄、自强重赐贬窜，以答天人之愿，以释兵民之愤，以彰有国之典，以慰死者之冤。使敌国闻之，必谅陛下本心；使将士闻之，必为陛下戮力；忠义闻之，必为陛下奋发而起。宗社幸甚，天下幸甚！取进止。"贴黄："臣切惟太皇盛德节俭，帑藏储积甚丰。侧闻尝有遗旨，除供治园陵用度外，以助陛下军国之费。有内臣王镕者，实主其事，盗窃既多，潜以奉侂胄。又与李奭、杨荣显、毛居实、李大谦等瓜分之。下至侂胄奴隶周筠、凌文彦、陈琮，亦皆盗取。当边事未宁、用度极繁之时，岂应臣下因太后之丧遂以为利？且有违慈训。伏乞睿旨，令所属拘回，以俟处分，实为允当。其李奭等并究，见情犯轻重坐罪，伏乞睿照。"又小贴子："照得苏思旦因受结托，荐用庸谬，以致败衄，上误国事，虽已窜责，未正典刑。刀笔贱吏原其误之故，死有余责，乞赐处分。苏师旦既逐之后，堂吏史达祖、耿柽、董如璧三名随即用事，言无不幸，公受贿赂，共为奸利。伏乞睿断，将三名送大理寺根究，依法施行，实快士论。伏候敕旨。"十一月十五日，三省同奉旨依。韩侂胄责授和州团练使，送郴州安置。陈自强追三官，送永州居住。内苏师旦特决脊杖二十，配回昌化军牢城收管，月具存亡。申王镕等令临安府究见情犯。申三省枢密院所合拘回钱物，并委本府施行。史达祖、耿柽、董如璧并送大理寺根究。

臣寮上言

"臣闻《书》载舜之事曰：'流共工于幽州，放驩兜于崇山，窜三苗于三危，殛鲧于羽山。四罪而天下咸服。'当舜之时，可谓至治，而流放窜殛之刑行焉。盖天讨有罪，有不容恕也。恭惟陛下光绍丕基，寅畏天命，宽仁恭俭之德，度越百王。凡在臣工，宜思尽忠以辅成治道。而韩侂胄夤缘肺腑，窃弄大权；蒙蔽圣明，擅作威福；首引群枉，分布要途；排沮忠臣，陷之大戮；贼害万类，斥逐无余。凡陛下亲信之臣，有不便于侂胄，则外挟言路以罔宸听。私意既行，凶焰日炽；出入禁旅，恣为奸欺；侵盗货财，遍满私室；交通赂道，奔走四方；凿山为园，下瞰宗庙；穷奢极侈，僭拟宫闱。十年之间，罪恶盈积。侂胄虑祸之及，思固其业，乃复设为计谋，窃据平章军国事。此乃祖宗所以待元老大臣，侂胄何人，乃以自处？安坐廊庙，紊乱纪纲。又于此时轻开边衅，上不禀于陛下，旁不谋之在廷。盛夏出师，挑患召衅，使沿边赤子骨肉流离，肝脑涂地，死于非命者不知几万人也。昵比吴曦，利其厚赂，畀以节钺，授之西兵。又使程松与之共事，取轻纳侮，启其奸心。自非宗社之灵，忠义兴起，则全蜀之地，岂不重贻陛下之忧？侂胄罪状申明，人怨神怒，而犹专复自用，殊无悛心。以国事快己私，视民命如草芥。原其用意，欲以何为？昔之所谓四凶，其罪复有大于此者乎？陈自强昏昧阘茸，本无寸长，徒以侂胄私人骤加汲引，拔自选调，置之清华。曾未数年，躐登宰辅。兵衅既开，边鄙不宁，复以自强兼领枢密，幸其徇己，倚为腹心。而自强凭藉其威，不知顾忌。日暮途远，贪得无厌；援引朋邪，浊乱班列；呼吸群小，纳赂卖官；请托公行，赃罪狼籍。讪笑讥骂，万口一词。社鼠城狐，盖未有甚于此者也。仰惟陛下奋发英断，斥此二奸。成命初传，都人相庆，而犹畀以祠禄，未惬舆情。臣愚欲望圣明将韩侂胄明正典刑，以谢天下。仍将陈自强削夺官爵，窜之远方。则舜之除四凶事复见今日，可以壮国势，可以正人心，可以开忠直之门，可以弭窥觊之患。海内幸甚！所有录黄，臣未敢书行，谨录奏闻，伏候敕旨。"十一月六日，三省枢密院同奉圣旨并依。韩侂胄送英德府安置，陈自强责武泰军节度副使依旧永州居住。

又臣寮上言

"臣至愚极陋，初乏寸长，陛下过听，擢任言责。臣辞不获命，黾勉就职，自量无以补报隆天厚地之恩，惟遇事尽言，始为无负尔。臣今早立班恭听麻制，窃见太师韩侂胄罢平章军国事，特追陈自强罢右丞相，奸人去国，公道开明，天下幸甚，社稷幸甚！然二人之罪重于丘山，罚未伤其毫毛，虽曰朝廷故存体貌之礼，而罪大罚轻，公论咈然。

臣职在言责,既有所闻,岂容缄默? 请详为陛下陈之:侂胄始以肺腑
夤缘,置身阁职,典司兵赞之事,不过若此而已。宁皇帝以父传子,国
朝之家法,陛下贤圣仁孝,亲承大统,加以慈福太皇太后重华之命,天
命所归,人心所向,臣子何功之有? 侂胄乃以预闻内禅为功,窃取大
权。自是以后,无复顾忌,童奴滥授以节钺,嬖妾窜藉于宫庭。创造
亭馆,震惊太庙之山;宴乐笑语,彻闻神御之所。齿及路马,礼所当
诛;简慢宗庙,罪宜万死。其始也,朝廷施设,悉令禀命。其后托以台
谏大臣之荐,尽取军国之权,决之于己。且如御前军牌,祖宗专隶内
侍省,而多自其私家发遣。至于调发人马、军期,并不奏知,此岂‘征
伐自天子出’之义? 台谏侍从,惟意是用,不恤公议。亲党姻娅,躐取
美官,不问流品。名器僭滥,动违成法。窃弄威柄,妄开边隙。兵端
一起,南北生灵,强者殒于锋刃,弱者填于沟壑。流离冻饿,骨肉离
散。荆、襄、两淮之地暴尸盈野,号啼震天。军需百端,科敛州县,海
内骚然。迹其罪状,人怨神怒,覆载之所不容,国人皆曰可杀。而况
陛下即位以来,以恭俭守位,以仁厚保民,无声色玩好之娱,无燕游土
木之费。凡可以裕民生、厚邦本者,无所不用其至。不惟人知之,天
亦知之;不惟中国知之,夷狄亦知之。自军兴以来,人情汹汹,物议沸
腾。而侂胄钳制中外,罔使陛下闻知。甚至宦官宫妾,亦其私人,莫
敢为陛下言者。至如西蜀吴氏世掌重兵,顷缘吴挺之死,朝廷取其兵
柄,改畀他将,此为得策甚矣。侂胄与曦结为死党,假之节钺,复授以
全蜀兵权。曦之叛逆,罪将谁归? 使曦不死,侂胄未可知也。人皆谓
侂胄心无有极,数年之间位极三公,列爵为王。外则专制东西二府之
权,内则窥伺宫禁之严,奸心逆节,具有显状。纵使侂胄身膏斧钺,犹
有余罪,况边衅未解,朝廷倘不明正典刑,则何以昭国法,何以示敌
人,何以谢天下? 今诚取侂胄肆诸市朝,戮一人而千万人获安其生。
况比者小使之遣,敌使尝以侂胄首谋为言,是敌人亦知兵事之兴,非
出于陛下之意也。使诛侂胄而敌不退听,则我直而彼曲、我壮而彼
老,自然人心振起,天意昭回。以此示敌,何敌不服? 以此感人,何人
不奋! 臣尚虑议者谓国朝家法仁厚,大臣有罪,止于窜斥,未尝诛戮。
臣窃谓侂胄非大臣比也,祖宗之法,位至平章军国者皆东班也。元勋

世臣而后有此，未有如侂胄一介武弁，自环卫而知阁，自知阁而径为平章太师者。若此则破坏祖宗成法自侂胄始，乃乱法之奸臣，非朝廷之大臣也。侂胄既有非常之罪，当伏非常之诛，讵可以常典论哉！又窃见右丞相陈自强素行污浊，志益贪鄙，徒以贫贱私交，自一县丞超迁越授，径登宰辅。不思图报陛下之恩，惟侂胄之意是徇。侂胄始虽怙权，犹奉内祠，凡所施设，尚关庙堂；自强巧为柔佞，上表力请平章军国。侂胄骄心，乃贪荣而冒处；自强狡计，因藉庇以营私。驱虎狼为之前导，而狐狸舞于其后，自强之为已深矣！姑以大者言之：用兵一事，举国以为不可；而自强曲为附和，力援私党，占据言路，以胁制天下之公议。至若纵容子弟、交通关节、饕餮无厌，皆臣所未暇言。独其奸憸附丽、斁乱国经，较其罪恶与侂胄相去无几。臣愚，欲望陛下奋发威断，将侂胄显行诛戮，以正元恶之罪。其自强，亦乞追责远窜，以为为臣不忠、朋奸误国者之戒。谨录奏闻，伏候敕旨。"贴黄："照得韩侂胄久专国柄，将朝廷府库视同私帑，公肆窃取，莫敢谁何。见今边鄙军费方殷，欲乞睿断，将侂胄应干家财产业尽行籍没，拘入封桩库，专备边廷之用，仍不许诸处妄有支动。伏候敕旨。"十一月六日，三省同奉圣旨："韩侂胄除名，送吉阳军安置。陈自强改送韶州安置。余依议。"

给舍缴驳论疏

臣寮上言："臣闻人臣之罪，莫大于植党擅权，又莫大于称兵首乱。有一于此，法不容诛。况乎兼有二罪，又稔众恶，其在明时，岂宜容贷？臣伏念韩侂胄夤缘攀附，浸极显荣，背负国恩，缔结亲党，凶愎自用，钳结人言。凡除擢要官、选用兵帅，皆取决厮役苏师旦之口。交通贿赂，动以千万。祖宗法令，肆为纷更。军政、财计、田制、盐法关国体之大者，率情变易，朝令暮改，人无适从。自知积失人心，中外交怨，乃为始祸之计，蓄无君之心。谋动干戈，图危社稷。横开边隙，丧失师徒。征行者有战斗暴露之虞，转输者有流徙死亡之苦。荆、襄、两淮生齿百万，罹其凶害，远近州县科敛频仍，虽深山穷谷之民，皆不安其生业。至如吴曦之叛、郭倪之败，皆侂胄容养激成。所致用邓友龙之徒，丧师辱国，罪状显著，曲为掩覆，止从轻典，俱置善地。原其用心，实不可测。天下之人，切齿扼腕，恨不食其肉。如陈自强者，昏缪无耻，但知侂胄荐进之私恩，阴拱固位，听其所为，噤不出一语。如用兵之谋，不惟不能沮止，乃从而附和，曲意逢迎，贻害生民，恬不知恤。其他背公营私、贪鄙猥琐之状，虽小夫贱隶，亦所窃笑。仰惟陛下至明独断，虽行罢斥，尚亦优容，而侂胄等罪恶贯盈，公论未快。臣误蒙亲擢，置之封驳，祗命之初，不敢隐默。欲望圣慈特发英断，将侂胄明正典刑，自强远加贬窜，以慰天下之心，以正国家之法。所有录黄未敢书读，谨录奏闻，伏候敕旨。"

尚 书 省 榜

臣寮上言："臣学问荒疏，器能浅薄，际遇陛下厉精图化之初，首蒙拔擢，俾职风宪。臣不自量度，愿勉竭绵力，仰助陛下振举纪纲，一新观听。臣连日拜疏奏论韩侂胄、陈自强罪恶，已蒙睿旨施行。然二凶同恶相济，专务蔽明，一旦威断震发，天日清明，中外欣快，咸愿亟见二凶罪状。欲望圣慈宣谕执政，检会今来台谏给舍章疏及已施行次第，特降敕榜晓示，以慰人心，以昭国宪。不胜幸甚！取进止。"十一月六日，三省同奉圣旨并依。

因韩党诏谕中外百官

开禧三年十一月内有旨："韩侂胄怙权擅朝，残民误国，已行罢斥。缘其专政之久，中外缙绅泊于将帅，凡才望勋绩之臣，应为丞相之用者，彼乃指国名器，权为私恩。朕方丕示至公，惟贤能是急，咨尔有位，其各悉心尽忠，毋或不安，益修厥职，以副朕意。故兹札示，宜体至怀。"是月又降诏："朕德不明，信任非人。韩侂胄怀奸擅朝，威福自己，劫制上下，首开兵端，以致两国生灵肝脑涂地。兴言及此，痛切于衷。矧复长恶罔悛，负国弥甚，疏忌忠说，废公徇私。气焰所加，道路以目。今边戍未解，怨毒孔滋。凡百缙绅洎于将士，当念前日过举，皆侂胄欺罔专恣，非朕本心。今既罢逐，一正权纲，各思勉旃，为国宣力，饬兵谨备，以图休息。称朕此意焉。"

考　　异

韩诛死于玉津已三日，宁皇犹未知其误国也。史公弥远阴金书讽台谏给舍，为此当时之议，以为既曰以御批付夏震诛之矣，自当显言之。殊未知宁皇动法祖宗，每对左右以为台谏者，公论之自出，心尝畏之。侂胄欲尽攻道学，故探上意，嗾台谏以一网去之，史盖因其术而用之，天下未为非者，以韩之所以施善类者而反之云尔。

庆元嘉泰开禧年间事

侂胄师旦周筠等本末

初苏师旦本平江书吏，韩氏为副戎籍之于厅，韩用事，师旦实为腹心。韩为知阁门事，犹在韩侧立侍。迨冒节钺，韩则曰："皆使相也。"始乃与之均席。由是海内趋朝之士，欲造其门而不得见。苏林，子由之孙也，师旦以微贱附之为族，林遂以兄事之，尝以窘乏求金于韩。韩不知其受诸将贿动以亿万，每辍俸金与之，谓其出于真诚。及江上诸将致败，而丘公崇为督视，兼知败将之赂师旦尺牍往来俱存，因作书以遗韩。韩故大怒，遂窜师旦于海上。嘉定初，下所编郡取师旦首级，郡守召至客次，师旦以韩念己，必复召用。已而赴市，则曰："太师亦如是忍耶！"盖不知韩诛矣。初，侂胄欲师旦为节度使，密谕词臣使草制。时秘书监陈岘兼直学士院，语人曰："节钺以待将臣之功高者，师旦何人，可辱斯授？以此见命，吾有去而已。"未几，中贵人有以特旨躐迁遥郡者，公复论之。中贵人者，侂胄之所主也。御史探权臣意，遂假驳死狱事，劾公以免。公铭文曰："或问公与熙宁三舍人之事孰难？曰：'李定之除，公朝显行之令也；师旦之命，权臣密谕之指也。方熙宁初，王安石虽用事，然诏令犹付之有司，故三舍人得以职争之，其为力也易至。侂胄有所欲为，则阴使人谕以意指，一有违忤，则假他罪逐之，不使得以守职言事去也。故在公拒之为难。'"先是岘召试学士院日，对策言帝王号令不可轻出，倘不经三省施行，从中径下，外示独断，内启幸门，祸患将伏于中而不自知。时侂胄以居中用事，假御笔以窃朝权，故岘及之。岘持身谨密，权臣无得而窥其间，且宁皇以公为先朝宏博第一选，故迁至中书。然在禁掖不能一月也。岘知泉州，未上，韩诛，召除兵部侍郎兼学士院，赐诏，其略曰："众翼怒飞，仪凤之翔何远；洪流奔注，砥柱之立不移。"盖嘉其义命于权势翕赫之日。制词真文忠所草，铭文亦文忠所为也。德寿宫门路楗植阑入，凡持盖肩负者皆由夹墙以入。有舆薪数十人阑入，司垣者呵之止之，曰："周总管柴。"呵者默而听之。周从行从均亦亚于师旦。自庆元以来政出于韩，而师旦之门如市。宰相已为具官，左右不复预事，曹吏号为冷局。自赵忠定为相之时，人从侂胄觅官者，韩犹答以当白之庙堂。自京镗居相位，而韩犹答以当与丞相议之。自陈自强相，韩对客有请，直曰"当为敷奏"而已。师旦既逐，韩为平章。事无决，专倚省吏史邦卿奉行文字，拟帖撰旨，俱出其手。权炙缙绅，侍从简札，至用申呈。时有李其姓者，尝与史游，于史几间大书云："危哉邦卿，侍从申呈。"未几致黜云。时又有李士谨者，亦用申呈。有乞兼职者，其词甚哀，后果由兼职阶相位。士谨家居白洋池田家桥侧，相传莫知名桥所自，芰荷渺然，鸥鹭杂集，号"小水晶宫"，其实近在北关门之内。开禧朝廷以赐田俊迈之子，盖已有兆之于其先矣。

韩势败笑鉴

富贵固有不可恃者，而况保之？为城社者谓足以自固，则尤可笑也。尝偕京倅吴公铜入天竺，闻侂胄功德寺之胜，甲于诸刹，相与游焉。主僧道号翠岩，法名湛，揖吴而入。茗毕，极口谈前日为某人求金者几许，予亦心恶其山林衲子，满口言钱。吴为见任通守，欲遍游其山，湛谢以老足近病，只命知事相陪。其金碧光耀，真天帝释之所居。又南园，乃慈福所赐韩者，穿幽极深，凡三日而后遍。而掌园者金其姓，皆武爵之近上者。听其满口皆称曰"师"、"王"，师谓太师，王谓郡王。韩居太室三茅之旁，扫石坛以煅大丹，命余道人候火，人不得而见之，外疑其为仙。迨韩既败，湛者崎岖由寺后越石人岭以遁，几坠崖，挺身渡江如飞，盖未尝病足。而掌园之人闭园门者三日夜，人不敢遗以水火，饥饿乞怜之声，达于邻曲，得旨始出，妻儿大恸而去。余道人者携丹铅从三茅山巅奔越以下，亦坠崖几死。又于群婢放逐之时，韩门眷至有三数辈皆称为妾某人父母者，盖其宛转而入皆为父母。官中遂命愿认为父母者，听除首饰衣服之外，不许以衾载出，金钗至满头，衣服至著数袭。市人利其物，而因可以转贸其身，故相竞相逐，愿为之父母。至有引群妾之裾必欲其同归者，亦足笑也，亦足为鉴云。韩尝招新安程有徽点校《通鉴》于石岩间，程经岁不与人接，虽朝士无知之者。本以进士第，久于选调，亦未尝从韩祈官，尝欲授以掌故，程不愿也。韩败，程拂袖归，人方知而怜之，不谓韩党也。丙寅冬，又同吴倅复游韩寺，则佛像已移他所，而金碧木石俱空。登其母魏国夫人冢，傍有芦束，浅土半露，问之，乃韩之尸，其首已送之虏也。

阅　古　南　园

　　前所载臣寮论侂胄"凿山为园，下瞰宗庙；穷奢极侈，僭拟宫闱"，又云"创造亭馆，惊震太庙之山；宴乐笑语，彻闻神御之所。齿及路马，礼所当诛；简慢宗庙，罪宜万死"，盖自宁寿观梅亭而至太室之后山，皆观中地也。韩侂胄擅朝，旧居于太庙侧，遂奄观之山而有之，为阅古堂，为阅古泉，旧名青衣，有青衣童见泉上，故以名。为流觞曲水。泉自青衣下注于地，十有二折，傍砌以玛瑙。泉流而下，潴于阅古堂，浑涵数亩，有桃坡十有二级。夜燕则殿岩用红灯数百，出于桃坡之后以烛之。其云岩之最奇者曰"云岫"，韩命程有徽校《通鉴》于中。侂胄居之既久，岁累月积，剔奇抉胜。洗石而云根出，刳土而泉脉见。危峰隐石,浅湾曲沼,窈窕渟深,疑为洞天福地之居,不类其为园亭也。因在天衢咫尺,有旨尽给还宁寿,命复为禁地云。又慈福以南园赐侂胄,有香山十样锦之胜,有奇石为石洞,洞有亭,顶画以文锦。香山本蜀守所献,高至五丈,于沙蚀涛激之余,玲珑壁立,在凌风阁下,皆记所不准载。予已略具记于前集,近闻并《阅古记》不登于作记者之集,又碑已仆,惧后人无复考其详,今并载二记云。《阅古泉记》云:"太师、平原王韩公府之西,缭山而上,五步一磴,十步一壑。崖如伏鼋,径如惊蛇。大石礧礧,或如地踊以立,或如空翔而下,或翾如将奋,或森如欲抟。名花硕果更出互见,寿藤怪蔓罗络蒙密。地多桂竹,秋而华敷,夏而萚解,至者应接不暇。及左顾而右盼,则呀然而江横陈,豁然而湖自献。天造地设,非人力所能为者。其尤胜绝之地曰阅古泉,在溜玉亭之西,缭以翠麓,覆以美荫。又以其东向,故浴海之日、既望之月,泉辄先得之。衺三尺,深不知其几也。霖雨不溢,久旱不涸。其甘饴蜜,其寒冰雪,泓止明清,可鉴发须。至游尘堕叶,常若有神物呵护屏除者,朝暮雨暘,无时不镜如也。泉上有小亭,亭中置瓢,可饮可濯,尤于烹茗酿酒为宜,他名泉俱莫逮。公常与客相羊泉上,酌以饮客。游年最老,独尽一瓢。公顾而喜曰:'君为我记此泉,使后世知吾辈之游,亦一胜事也。'游按泉之石壁有唐开成五年道士诸葛鉴元八分书题名,盖此泉泾伏弗耀者几四百年,公乃复发之。而阅古盖先忠献王以名堂者,则泉可谓遇矣。游起于告老之后,视道士为有愧,其视泉尤有愧也。幸旦暮得复归故山,幅巾短褐,从公一酌此泉,而行尚能赋之。嘉泰三年四月乙巳山阴陆游记。"《南园记》云:"庆元三年二月丙午,慈福有旨,以别园赐今少师、平原郡王韩公,其地实武林之东麓,而西湖之水汇于其下。天造地设,极湖山之美。公既受命,乃以禄锡之余,葺为南园。因其自然,辅以雅趣。方公之始至也,前瞻却视,左顾右盼,而规模定;因高就下,通窒去蔽,而物奇列。奇葩美木,争效于前;清泉秀石,若顾若揖。于是飞观杰阁、虚堂广厦,上足以陈俎豆,下足以奉金石者,莫不毕备,升而高明,显敞如脱尘垢;入而窈窕,邃深疑于无穷。既成,悉取先侍中、魏忠献王之诗句而名之。堂最大者曰'许闲',上为亲御翰墨以榜其颜。其射厅曰'和容'，其台曰'寒碧'，其门曰'藏春'，其阁曰'凌风'，其积石为山曰'西湖洞天'。其潴水菽稻，为囷为场，为牧羊牛。畜鹰鹜之地曰'归耕之庄'，其他因其实而命之名。堂之名则曰'夹芳'，曰'豁望'，曰'解霞'，曰'矜春'，曰'岁寒'，曰'忘机'，曰'照香'，曰'堆锦'，曰'清芬'，曰'红香'。亭之名，则曰'远尘'，曰'幽翠'，曰'多稼'。自绍兴以来，王公将相之园林相望，莫能及南园之仿佛者。然公之志，岂在于登临游观之美哉？始曰'许闲'，终曰'归耕'，是公之志也。公之为此名，皆取于忠献王之诗，则公之志，忠献之志也。与忠献同时，功名富贵略相埒者，岂无其人？今百四五十年，其后往往寂寥无闻，而韩氏子孙，功足以铭彝鼎、被弦歌者，独相踵也。迄至于公，勤劳王家，勋在社稷，复如忠献之盛，而又谦恭抑畏，拳拳于忠献之志，不忘如此。公之子孙，又将视公之志而不敢忘，则韩氏之昌，将与宋无极，虽周之齐、鲁，尚何加焉？或曰：'上方倚公，如济大川之舟。公虽欲遂其志，其可得乎？'是不然。上之倚公，公之自处，本自不侔。惟有此志，然后足以当上之倚，而齐忠献之名。天下知上之倚公，而不知公之自处；知公之勋业，而不知公之志，此南园之所以不可无述。游老病谢事，居山阴泽中，公以手书曰：'子为我作《南园记》。'游窃伏思公之门，才杰所萃也，而顾以属游者，岂谓其愚且老，又已挂冠而去，则庶几其无谀辞、无侈言而足以道公之志欤？此游所以承公之命而不获辞也。中大夫直文华阁致仕赐紫金鱼袋陆游谨记。"镇安平节度使、开府仪同三司、判建康军府事、充江南东路安抚使兼行营留守吴琚谨书，并篆额。额真大书《南园记》三字，非篆也。不用螭首，绘以芝鹤云。

南园记考异

　　武林即今灵隐寺山。南园之山，自静慈而分脉，相去灵隐有南北之间。麓者山之趾，以南园为灵隐山之趾，恐不其然。惟攻媿楼公赋武林之山甚明，园中有亭曰"晚节香"，植菊二百种，亦取其祖诗句，《记》中不及云。

四　夫　人

佗胄所幸妾,同甘苦者为三夫人,号"满头花"。新进者曰四夫人,至通宫籍,慈明尝召入貌,赐坐以示优宠。四夫人者,即与慈明偶席,盖娭也,慈明心衔之。迨韩为郑发所刺,诸婢皆遣还其父母,慈明特旨令京尹杖四夫人而遣之。

满　潮　都　是　贼

韩用事岁久,人不能平,又所引用率多非类,天下大计不复白之上。有市井小人以片纸摹印乌贼出没于潮,一钱一本以售。儿童且诵言云:"满潮都是贼,满潮都是贼。"京尹廉而杖之。又有卖浆者敲其盏,以唤人曰:"冷底吃一盏,冷底吃一盏。"冷谓寒,盏谓斩也,亦遭杖。不三月,而韩为郑发所刺,及籍其家,得所收真圣语,末一句云"遭他罗网祸非轻",又一句云"远窜遐荒始得平"。韩尝怪其言。韩外有陈自强,内有周均,启韩有图之者,韩犹以"一死报国"为辞。周苦谏,韩遂与自强谋,用林行可为谏议大夫,刘藻为察官,一网尽谋韩之人。仅隔日,未发而钱、李、史三公亦有所闻,命夏震速下手。事已载前集。震遂命郑发刺韩,震复刊御批于杰阁以记之。史恶之,旋以疽发于背而死于殿司。

逆　曦　归　蜀

逆曦既用,赂苏师旦,遂举全蜀以授之。其在殿岩也,常命工图画上乘舆、卤簿,卷轴甚详。人问曰:"太尉何用此?"曦绐之曰:"把归去,教孩儿男女看了消灾灭罪。"及出北关,遂焚香拜天于鹄首,云"且得脱身归去",其反状已萌于此矣。惟吴公琚尝目曦以必反。何公澹既因韩致政府,亦以为不可遣,忤韩,出知福州。

伶 优 戏 语

韩侂胄用兵既败，为之须鬓俱白，困闷莫知所为。伶优因上赐侂胄宴，设樊迟、樊哙，旁有一人曰樊恼，又设一人揖问："迟，谁与你取名？"对以"夫子所取"，则拜之曰："是圣门之高弟也。"又揖问哙曰："尔谁名汝？"对曰："汉高祖所命。"则拜曰："真汉家之名将也。"又揖恼云："谁名汝？"对以"樊恼自取"。又因郭倪，郭杲致，因赐宴以生菱进于桌。上命二人移桌，忽生菱堕地尽碎。其一人云："苦，苦，苦，坏了许多生灵，只因移果桌！"

侂 胄 助 边

开禧兵端既启，国用浸亏。侂胄上表，自谓家藏先朝锡予金器六千两上之。宁皇优诏奖谕，仍允其请。天下皆笑韩之欺君。

韩 墩 梨

姑苏地名韩墩，产梨为天下冠。比之诸梨，其香异焉，中都谓之"韩墩梨"。后因光皇御讳，改谓"韩村梨"。至侂胄专国，馈之者不敢谓"韩村"，直曰"韩梨"。因此皆谓"韩梨"矣，非侂胄意也。吴中平田有培塿，皆曰"墩"，后避讳，皆曰"坡"。而避村名犹甚于庙讳，菁村至改曰菁山，谢村至改曰谢溪。盖中都人以外人为村，故讳之。流传浸失，图谋易讹，故因韩事及之。

黄 胖 诗

韩以春日燕族人于西湖，用土为偶，名曰"黄胖"，以绵系其首，累至数十人。游人以为土宜。韩售之以悦诸婢，令族党仙胄赋之云云，"一朝线断他人手，骨肉皆为陌上尘"。侂胄大不悦。仙胄家于会稽，以侂胄故，有官不仕。韩败，竟保其族云。

刘淮题韩氏第

刘淮见之，建阳人。赋诗虽为韩而发，其实嘉定用事者良剂也。"宝莲山下韩家府，郁郁沉沉深几许。主人飞头去边土，缘户空墙叹风雨。九世卿家一朝覆，太师宜诛魏公辱。后来不悟有前车，突兀眼中观此屋"。

西湖放生池记

高文虎字炳如，号为博洽名儒。疾程文浮诞，其为小司成，专以藏头策问试士，问目必曰有某人某事者。士不能应，但以"也"字对"者"，士之愤高也久矣。会京尹赵师𤛯奏请尽以西湖为祝圣池禁捕鱼者，作亭池上甚伟，穹碑略摩云。高实为记，其文有曰："鸟兽鱼鳖，咸若商历以兴。"既以镵之石，石本流传，殆不可掩，改"商"为"夏"，隐然犹有刊迹。无名子作为词以谑之云："高文虎称伶俐，万苦千辛做个《放生亭记》。从头没一句说作朝廷，一作"官家"。尽把师𤛯一作"太保"。归美。这老子忒无耻，不知润笔能几。夏王说不是商王，只怕伏生是你。"一作"夏王事却作商王，那禽兽鱼鳖是你。"然无名子之嘲，胡可深信？今详载其记于后云。盖"商"字特笔误，而或者乘间而诋之尔。记曰："皇帝践祚之五年，乾坤清夷，瀛宇宁谧，施仁沾泽，损赋薄刑，所以养民本，迓天休，德至渥也。而又励精图政，综贤经能，功亮绩熙，大小咸举，乃晓驻跸，实惟钱唐，命尹神臯，畫严厥选。权尚书工部侍郎臣师𤛯，以材学献力，宣声一时。昨拜大农，兼治天府。凡厥董寮劝农，振兵束吏，至于簿书期会、金谷龉箇，以及郊兵之供、宫庭之人，百司庶府之须，纪纲规目，肃肃具叙。兹表治行，擢登从班。其在四年十月七日，师𤛯尝奏曰：'臣仰稽圣代，袭唐旧因，即杭西湖为放生池者，天禧中太子太保、判杭州王钦若之请也。西湖利害难弛者五，放生之旧，盖居其一者，元祐中龙图阁学士、知杭州苏轼之议也。绍兴明诏，适广至恩，化育所覃，器弍有禁。淳熙庆寿，申饬渊谟，蕃殖既昌，福应攸侈。方当奉三宫之康福，绵万世之本支，所宜日长月滋，益多福祉。顾今穸碑混于草莽，条禁隳于奸豪，甚非奉宽大、勤首善也。谋以诞圣之期、同致华封之祝，在严戒令，务谨隄防，御囿宫林，禁当并饬，富强挟贵，在所必行，庶迪帝心，用蕃国本。'制曰'可'。于是相攸度址，近接城闉，左涵右通，作亭五楹。前有台榭，揭名'德生'，以侈上赐。又作三楹，俯纳湖浸，祝经纵鳞所临也。又作亭三楹，内俪山祉，旧刻新铭所峙也。植以华表，垂之嘉名，奉询画者，钱塘尉扈武也。亭成之日，都人聚观，和气欢声，盘礴无际。祝皇之寿，与天并崇；祝皇之基，与地同久。推而达之天下，盖自兹始。猗欤盛哉！臣切惟宋受天命，列圣重光，一以宽仁，守为家法。兵不轻用，刑不妄施，雨露所涵，舟车所至，渗漉亭育，润泽丰美，况于万物乎！然鸟兽鱼鳖，咸若夏历以兴，以及鸟兽昆虫，周家以盛有天下者，发政施仁，未有不本诸此。师睪诚能推广旨意，形于告猷，迄俾流恩，与宋无极。《诗》云：'天保定尔，以莫不兴。如山如阜，如冈如陵。如川之方，至以莫不增。'维时有之。臣既书其事，复系以铭曰：'天赐宋命，世世以仁。宋媚于天，武文圣神。维天曰生，皇矣昊旻。我其受之，代天牧人。刑不滥施，兵不妄陈。孰尸天府，永保乂民。皇帝圣明，膺图阐珍。曰宋家法，仁厚如春。惟曰图回，是宪是遵。慈薰惠洽，广莫渊沦。孰尸天府，告猷有臣。谓昔有池，西湖之津。罗罭所窥，防禁弗申。广上之德，封奏谆谆。师睪稽首，惟恭惟寅。勒石湖址，作亭湖滨。露囊金鉴，率时缙绅。与厥耆老，庚止辚辚。鸢飞鱼跃，整翰膏鳞。天育海涵，赘取蕃辌。凡百都人，奸宄化醇。钦上之惠，捐罟弃缗。仁民之心，爱物是均。民物一致，天人之因。人颂皇帝，德冠群伦。奉承三宫，八千岁椿。子孙绳绳，子孙振振。'"倘不备考此记，则后人必以无名子之言为信矣。

犬吠村庄

韩侂胄尝会从官于南园，京尹赵师睪预焉。师睪因挞右庠士，二学诸生群起伏阙,诣光范诉师睪。时史相当国,不欲轻易京尹,施行稍缓。诸生郑斗祥辈遂撰为师睪尝学犬吠于南园之村庄,又舞斋郎以悦侂胄之四夫人,以是为诗,以挤师睪于台谏。虽师睪固附韩者也,亦岂至是? 李秀岩心传不谙东南事,非其所目击,乃载其事于《朝野杂记》,诸生犬吠斋郎之诗特详焉。后之作史者当考。或谓有穿狗窦而入见韩者,亦非。

考 异

韩败籍其家。卧内青绸帐后以用兵,用罗木自围其寝,防刺也。惟所爱四夫人位最侈,臣寮所谓"僭拟宫闱"者是也。籍其奏草,至"陛下"二字必提空唯谨。或以为韩意叵测者,非也。忠献之族得以全者,惟侂胄无是尔。喻吴曦书稿曰:"侂胄排群议,以节使能世其忠。今公此举,侂胄何面目以见上与士大夫? 是非节使负侂胄,乃侂胄负上与天下之士大夫也。书至日,即宜舍逆从顺,反邪归正,闭三关以绝敌,上伪玺于公朝。侂胄为奏之上,封节使以真王,如此犹可以慰天下士大夫之望,而侂胄庶几其有面目以见上与天下之士大夫矣。"

李季章使敌诗

李季章壁,巽岩尚书之仲子,盖贤良公垕之弟。开禧初,韩欲兴兵未有间,既遣张公嗣古出使觇敌。嗣古使还,大拂韩旨,因复遣壁。壁还,与张异辞,阶是迁政府,后又预诛韩之谋。壁使敌诗云:"天连海岱压中州,暖翠浮岚夜不收。如此山河落人手,西风残照懒回头。"前二句不知其指何地,既曰"暖翠浮岚夜不收",又曰"西风残照懒回头",意亦略相违,恐传者之误也。季章所居,亦似号石林。诸公赋诗甚多,惟王大受仲可有诗绝出,记句云:"君不见牛奇章与李卫公,二人平生不相容。门前冠盖互咿轧,惟有爱石心则同。"

庆元开禧杂事

淮民浆枣

绍兴和议既坚，淮民咸知生聚之乐，桑麦大稔。福建号为乐区，负戴而之者谓之"反淮南"。或士民一至其地，其淮民遇夏则先以浆馈之，入秋剥枣则蒸以置诸门，任南人食之，不取价。或遇父老烹牲于社，即命同坐，有留镪者即诮何为留，坚却不受。自开禧兵变，淮民稍徙入于浙于闽，至闭肆窖饭以俟之。既归而语故老，南人游淮者不复有壶浆、剥枣之供矣。

浦城乡校芝草之瑞

庆元间，予为儿时，父兄常携入乡校，观大成殿第二第三级有芝二本甚异，状如今赤角荤，大而重复，色而加紫，旁缘以金。其一生于第三级正中，差大；一生于第二级之侧，差小。盖缘金微有缺处，阴阳者流以为旧校与僧寺相直，且背溪山之秀，致乡士累举不利于南省，遂迁而与山相面，山形如月，而溪实朝其下。是岁芝遂产于殿墀，而文忠真公遂登乙科，文忠宏博，而其妇翁开国杨臣亦同年第。文忠官至腰金，与妇翁所中科级略同，杨公亦至佩金。此未足道，而二公所植立，与芝亦相似，造物有以启之矣。

台臣用谣言

浙西有大臣许某者，以国恤亲丧奏乐，又所居颇侵学宫，为仇家飞谣于台臣曰："笙歌拥出画堂来，音离。国恤亲丧总不知。府第更侵夫子庙，无君无父亦无师。"竟以是登于劾章。虽得于风闻，而许为大臣亦未必有是。然人言可畏，为君子者亦盍谨诸。

好女儿花

金凤花如凤味飞舞，每种各具一色，聚开则五色成花，自夏至秋尤盛，谓之"金凤花"。中都习，宫闱媟语谓"凤儿花"。慈懿之生，有鸳鸯仪于黑民，已载前录。名曰凤娘，迨正坤极，六宫避旧称，曰"好女儿花"，今在犹然。

秘书曲水砚

王大受号易斋，楼镛号月湖，俱知名士也。王以吴琚三郊为异姓恩补官，楼以科第进。楼为越钱清之煎盐，以大受非他士比，至辍俸售青布袍以衣盐亭煎夫，迓之越于常。大受忽见迓者入，则惊曰："此必科亭户。"为之具法谓赃，亟置迓夫于仁和县囹。遂以家奴携一篚自随，径绝浙江，坐于盐官之南向，鞭亭户而讯之。楼在屏后曰："王大受，尔以口舌得官，敢尔耶？"遂至申仓司。仓即章公燮，燮不直大受，犹未有以废之。大受与韩侂胄婿顾熹善，阴讽台臣平楼，至返其已举五削。时郑捐为熹属，亦白其事于燮，燮犹不能平。大受诣台持谏官书，或谓程公出，又申以顾熹之书，燮怒且书，道："尔足矣，何胁我以再三耶！"掷其书，叱大受，命典谒者掖大受下墀。大受以为士可死不可辱，欲委官而去之。郑以好语调停之，章榜客次："王煎盐，自今不许相见。"然为镛者，未有以白于韩也。偶有僧洪老得小曲水砚于越山墓甓间，乃献之殉乳母葬物也。记文末一句云："庶七百年后，知为余之乳母也。"僧亟以白攻媿。攻媿证据其事，洪因入都以献韩。韩知其为攻媿游，曰："近无恙否？久不得攻媿书。"洪因及镛事，韩大怒以责熹。台臣视风旨，遂逐大受，尽反楼五削。曲水小砚，韩以上进，诏付秘书省，其字多用《兰亭序》。华亭名家子朱日新自号文，为《爻赘集》著为辨，刊以示人，条析缕数，与攻媿力辩其不然，盖疑其中有乳母好释、老之词。释之一字，特出于弥天释道安之句，自晋宋以来，未有合释、老二字为一者。且尽剪《兰亭序》中字与之合者以辩其诬，且云："安知其砚出于七百年之后？"攻媿不欲与之深辨云。今欲摹者，必白监长而后启缄。秘府爇后，不知砚犹存否？

随 隐 漫 录

［宋］陈世崇　撰

郭明道　校点

校 点 说 明

《随隐漫录》五卷,宋临川陈世崇撰。世崇字伯仁,号随隐,祖籍抚州崇仁县。父陈郁,字仲文,号藏一,理宗时充东宫讲堂掌书,又充缉熙殿应制,著有《藏一话腴》。世崇十八岁时,随父入宫禁,充东宫讲堂说书,兼两宫撰述。其诗文得度宗赏识,推恩补承信郎,御笔除皇城司检法。因其长短句讥讽权贵贾似道,贾令中书缴其稠迭。遂奉亲归故里,随父住临川。癸酉年,再赴部申述前恩,转承信郎,补阁门寄班。两年后,父卒,从此自放山水间。入元不仕。著《随隐漫录》,效其父,以旧号为书名。或认为世崇入元后已改名随隐,亦可备一说。据周端礼所撰陈随隐《行状》,《随隐漫录》原有十二卷行于世,并有林实所撰序文,但后来流行的明稗海本《随隐漫录》仅剩五卷,又无林实之序,可见已被明人妄加删削。

综观全书内容,多记同时人诗话,而对南宋故事言之尤详。作者曾在内宫,故对宫廷掌故、仪制等知之甚多。书中所记紫宸殿上寿仪、二十四班、直书阁夫人名数、孩儿班服饰、赐太子玉食批、孟享驾出仪、带格三十二、太子问安展书仪诸条,多有史传所未及,具有很高的史料价值。

此外,书中或评析前人诗词,如卷一评析《诗经》或唐人诗句等,确有见地。或记文人遗闻轶事,亦多可采。如卷五陆游纳驿卒女为妾、辛弃疾觞客滕王阁诸条,可补史传之不足。或评论史事,抒发己见,以表现其性淡荣利、入元不仕的情操志趣。如卷一指责那些"朝事梁,暮事晋"的小人,"何益于君国"。卷五指出李斯志在利禄、患得患失,"故不免于大戮,诚可以为贪利禄者之戒"。卷二论汉平帝后、晋愍怀太子妃、李昭仪等不辱自杀数条,秦二世、晋怀帝、愍帝、隋炀帝、唐昭宗被杀及晋王北迁受辱数条,皆假借古事以寓南宋臣降君辱之惨,与所以致败之由。书中还披露了宫廷的奢侈生活,描述了市井以骗局为业的游手,如此等等,对于我们了解宋末社会亦有裨益。

　　本书的版本有明万历时会稽商濬编刊的《稗海》本(在此之后的稗海本,又有康熙重编补刊本、乾隆修补重订本)、四库全书本。近人夏敬观以上海涵芬楼藏本为底本,校以商濬《稗海》本,较为完善,但仍有若干讹误之处。此次校点,以夏敬观校本为底本,校以稗海本、四库全书文渊阁本,遇有异文,择善而从,不出校记。

目　　录

卷一 139

卷二 145

卷三 151

卷四 157

卷五 163

卷一

令制《春秋赞》云："微显阐幽，三体五例，严乎成言，褒贬一字。"《周礼》云："肇建六典，条章焕明，万世之则，太平之基。"《日新》云："大哉盘铭，日新其德，一盟一思，惟汤是则。"《自警》云："孳孳为善，无怠讲习，心思唐虞，圣道可入。"又曰："私既克，理是从，中则正，公则平，操则存，德日新。"《鉴铭》云："湛然厥中，惟正是守，万丑千妍，于我何有？"《离卦赞》云："日月丽天，德备中正，明以继明，圣而益圣。"《艮》云："兼山曰艮，德在知止。君子体之，思不出位。"《晚望》云："鸥鹭归烟渚，秋江挟晚晴。老渔闲舣艇，坐待月华生。"《赏春》云："珠帘翠幕千门晓，丽日和风万国春。乍雨乍晴虽莫测，无非天地发生仁。"《社日雨》云："风催社日雨霏氛，处处鸡豚乐祀神。见说丰年于此卜，不妨垫湿社翁巾。"《新凉》云："新凉灯火又相亲，遍阅群书不厌勤。缓视微吟真乐处，那知宫漏夜将分。"《授衣》云："从来人事顺天时，九月才更即授衣。可笑索裘临岁晚，履霜犹自未知几。"《桂》云："秋桂庭前霁影凉，万重深翠护深黄。恭迎两殿临清赏，寿斝浓浮月殿香。"《恭和御制赐牟子才韵》云："视草词臣地位高，玉堂深夜许焚膏。文华瑞世呈仪凤，顾问承恩直禁鳌。喜有奇才追宋轼，光膺圣制胜唐绚。重修盛典熙朝事，千古青编记宠褒。"《题诸色扇面》云："履霜知地冻，赏雪念民寒。山岚迷晓月，海浪起晴云。""鹭起莲边晓，鸥栖蓼外凉。西风敧翠盖，晓露浥红裳。""艳红酣霁圃，冷翠媚秋池。声幽梧叶雨，香冷菊花风。院子供新茗，园丁献异花。""秋华照水澄秋静，冷艳欺风醉露凉。一枝翠叶凝秋色，万粟金英喷古香。""月筛秋影虚窗静，秋染繁英净几香。千叶喜容迎晓日，万铃紫色映朝霞。日罩柳塘莺语滑，雨收桃岸燕飞忙。"《瞻蒝堂帖子》云："归仁由克己，学道在存心。""尧舜传心惟以一，禹汤受命本乎中。"《凝华殿》云："帝德巍巍，温恭允塞。心传精微，惟尧是则。"观《瞻蒝》、《凝华》数帖子，必有如文中子窥高祖之心于《大风歌》者，故敬录之。

　　紫宸殿上寿，三十三拜，三舞蹈。初面西立，阁门进班齐牌。上升座，鸣鞭。侍卫起居移班，北面躬身，听赞两拜，起，直身搢笏，三舞蹈，跪左膝，三叩头，出笏就一拜，又两拜，躬身。俟班首奏圣躬万福，再听赞拜，两拜，移班如初。殿中监升殿，诣酒尊所，教坊起居，殿侍进御茶床，又北面躬身，听赞拜，两拜，直身立。上公升殿，注酒，诣御座前，躬进，俯伏致词，并躬身。俟上公降阶复位，听赞拜，两拜，起，躬身。俟枢密宣答，听赞拜，两拜，移班如初。上公升殿，立御座东。乐作，上饮毕，上公受盏，降阶复位，北面躬身，听赞拜，两拜，舞蹈如初。不该赴座官先退，赴座官躬身，听枢密诣折槛东宣答，讫，听赞拜，两拜，升阶立席后。俟进酒，乐作，上饮毕，舍人赞各赐酒，躬身，听赞拜，两拜，起。赞各就坐，立如故，复赞乃坐。酒行，先上公，次百官，搢笏执盏，立席后，躬身饮讫。听赞拜，两拜，复坐。食至，搢笏执碟，出笏。再进酒如上礼。三行，舍人曰"可"，起，立席后。俟上公御座前俯伏跪奏，复位降阶，北面，听赞拜，两拜，舞蹈如初。鸣鞭，卷班。凡正旦朝贺，一十九拜，三舞蹈。初面西立，上升座，阁门起居，班首以下躬身北面，俟舍人宣名讫，听赞拜，两拜，舞蹈如前礼。躬身，俟班首奏圣躬万福，听赞拜，两拜，起，直身立。俟枢密升殿，班首出班，俯伏致词，并躬身。俟班首复位，听赞拜，两拜，舞蹈如初。起，躬身，俟枢密承旨诣折槛东，称"有制"，两拜，起，躬身。俟枢密宣答讫，听赞拜，两拜，舞蹈如初。凡冬至朝贺，一十二拜，一舞蹈。初百官面西立。仪仗以下起居，知阁次之。次读奏，自舍人宣"班首以下起居称贺"，北面躬身，听赞拜，两拜，起，舞蹈如初。起，躬身，俟班首奏"圣躬万福"，听赞拜，两拜，起，直身立。俟枢密升殿，班首致词，宣答如正旦礼。凡朔望起居，九拜，一舞蹈。初读奏，自知阁、御带、行门以下常起居，殿中侍御史大起居，七拜。百官躬身，听舍人宣班首名，北面，听赞拜，两拜，舞蹈如初。不候赞两拜，班首不离位，奏"圣躬万福"，躬身，听赞拜，两拜，起，躬身听赞，各祗候卷班。凡上殿轮对，初面西立，舍人引北面躬身，听赞拜，声绝，两拜，起，躬身听赞。祗候直身立，引稍前两步，再躬身，听赞拜，两拜，起，躬身听赞。祗候面西立，俟三省奏事退，引升殿，立东南角。舍人前奏衔位、姓名、上殿因依，引赴御座左侧身立。揩笏，当殿未出笏入手及横执札子为失仪。如有宣谕，即口奏云："臣官不该殿上拜，容臣奏事毕，下殿谢恩。"奏事毕，依旧路下殿，北面，不候赞两拜，随班。凡谢恩，初面西立，舍人奏姓名，引北面，赞拜，两拜，出殿致词，归位。赞两拜，舞蹈，听赞，祗候退。凡朝辞，面西立，舍人奏姓名，引北面，赞两拜，不出班，奏"圣躬万福"，又赞两拜，出班致词，复位。又赞两拜，赞"好去"。如有赐物，宣"有敕"，即揩笏，舞蹈，三拜。凡赐茶，引北面躬身，奏"圣躬万福"，赞两拜，赞就坐，升殿立席后，再赞乃坐。茶至，揩笏，出笏降阶，赞两拜，赞祗候退。

夫子没，历秦、汉、晋、宋、齐、梁、陈、隋，至明皇始封文宣王。神宗欲加尊崇，礼臣定议为"至神元圣帝"，而李邦直者独曰："周室称王，陪臣不当为帝。"于是仅加"元圣"二字。异代尊崇，何预于周？果如所言，则公亦不可封矣。虽万代帝王之师，何假虚名？而邦直之罪，所当笔诛，敢执笔以俟。

夫子之徒三千，一贯之道，独语曾子，而曾子一唯几到列圣处。《大学》十章，为后世帝王治天下之律令、格例、絜矩，即忠恕也。《中庸》一书，弥纶天地，参赞化育，孔子之道益著；而曾、思位在弟子下。度皇即位，首升侑食，举数千载未行之典，为亿万世将来之法，度皇之圣至矣。

西山蔡先生训子曰："夸之一字，坏人终身。凡念虑言语，才有夸心，即截断却。满招损，谦受益，时乃天道。"曰："作事皆依本分，屈己饶人，终无悔吝。钱谷与人交，关头上让人些，少生事，一切用柔道理之。若识些道理，不做好人，天地鬼神，亦深恶之。盖不识好恶，如童稚，如醉人，虽有罪可赦。若知而故犯，王法不可免也。"曰："孝弟忠信，不可须臾离，若有分毫瞒人底心，天地鬼神不恕也。"曰："祸患中第一莫使性气，中外事一切静柔顺理之。"曰："为善得祸，乃是为善未熟；为恶得福，乃是为恶未深。人事尽处，方是天理。"曰："欺世盗名者无后。"吾甚慎之。

延平李先生静坐正心，以验夫喜怒哀乐未发之前，气象为何如，久之，而知天下之大本，真有在乎是也。若夫致虚极，守静笃，不思善，不思恶，老佛亦同此理，但有治世出世体用之不同耳。

豹死留皮，人死留名。朝事梁，暮事晋，遗下《兔园册子》耳。此辈与一把算子，未知颠倒，何益于君国，可谓倮伽儿矣。煮粥饭僧者，都头甚操刺。六一公化俗语为神奇者也。

"萧萧马鸣"，静中有动也。"悠悠旆旌"，动中有静也，见军整而静也。"昔我往矣，杨柳依依。今我来思，雨雪霏霏"，写物态慰人情也。张文潜谓"鸡声茅店月，人迹板桥霜"，羁旅穷愁，想之在目；"柳塘春水漫，花坞夕阳迟"，春物融洽，人心和畅，言不能尽。张无垢谓"雪消池馆初春后，人倚阑干欲暮时"，尽山之情意、物之容态，可入图画。皆仿佛《三百篇》之遗意歟？

杜少陵《赠卫八处士》一篇，久别倏逢，曲尽人情，想而味之，宛然在目。下此则"马上相逢久，人中欲认难。问姓惊初见，称名忆旧容。乍见翻疑梦，相悲各问年"，无愧前作。若戴叔伦之"岁月不可问，山川何处来"，青出于蓝者也。

唐人诗工于下生字，"走月逆行云"、"芙蓉抱香死"、"笠卸晚峰阴"、"山雨慢琴弦"、"松凉夏健人"、"绿竹助秋声"、"岁月换红颜"、"石磴扫春云"、"画角赴边愁"、"远帆开浦烟"、"疏雨滴梧桐"，字字稳帖，不觉其生。

上谥百三十一：神、圣、贤、文、武、成、康、献、懿、元、章、釐、景、宣、明、昭、正、敬、恭、庄、肃、穆、戴、翼、襄、烈、桓、威、勇、毅、克、壮、围、魏、安、定、简、贞、节、白、匡、质、靖、真、顺、思、考、昜、显、和、玄、高、光、大、英、睿、博、宪、坚、孝、忠、惠、德、仁、智、慎、礼、义、周、敏、信、达、宽、理、凯、清、直、钦、益、良、度、类、基、慈、齐、深、温、让、密、厚、纯、勤、谦、友、祈、广、淑、俭、灵、荣、厉、比、絜、舒、贲、逸、退、讷、偲、述、懋、宜、哲、察、通、仪、经、庇、协、端、休、悦、绰、容、確、恒、熙、洽、绍、世、果，用之君亲焉，用之臣子焉。中谥十四：怀、悼、愍、哀、隐、幽、冲、夷、惧、恩、携、郵、愿、儆，用之闵伤焉，用之无后者焉。下谥六十五：野、夸、噪、伐、荒、炀、戾、刺、虚、荡、墨、偬、亢、干、褊、专、轻、苛、介、暴、虐、愎、悖、凶、慢、忍、毒、恶、残、矎、攘、顽、昏、骄、酗、湎、浇、狙、侈、靡、溺、伪、妄、蘦、谄、诬、诈、谲、讻、诡、奸、邪、慝、蛊、危、圮、懦、挠、覆、败、致、庇、饕、费，用之蛮夷焉，用之小人焉。

太史梁傅昭子妇，尝得家饷牛肉以进，昭曰："食之则犯法，告之则不可，取而埋之。"宰牛之禁，自梁已然。或谓，"牢字从牛"，或谓"牛，土畜也，与土宿同位"。真武为北水神，亦与土同位，故不可食，祸福恐人，岂理也哉！吴恕斋革帅江东时，《戒宰牛》诗曰："中和后五日，袖香谒南台。田夫趁雨耕，欢声沸如雷。老守视尔农，服田亦劳哉。有牛负犁者，俄顷一周回。无牛人代耕，四夫尽力推。四夫力虽疲，不如一牛犁。一牛当四夫，功力大如斯。农以牛为命，爱牛如爱儿。爱儿惟恐伤，杀牛何忍为。老守今奉劝，戒之重戒之。宰牛国有禁，杀牛天所灾。留取黑牡丹，年年待花开。"卢柳南却人送牛肉小简云："昔人亦珍此味，所谓'如享太牢'是也。然一犁春雨，数町秋云，既食其力，又食其肉，可乎？余不忍，敢请改命。"理语读之恻然。

西山真先生点先君集中警句，如"辟户夜通月，掬泉朝饮星"、"暖曝花岩日，晴眠藓石烟"、"地旷日难晓，海宽天欲浮"、"与子才分手，何人更赏心"、"游归云衲破，定起石床温"、"道至无偏党，心何有重轻"、"万事岂容人有意，一春多被雨无晴"、"仰头莫看王侯面，失脚恐为名利人"、"千古留芳惟好句，一时得意总微尘"。《石湖归途》云："人与西风结约来，芙蓉花气扑吟杯。曲塘好处都行遍，带得一身秋色回。"《城东看柳》云："翻暖为寒一信风，画桥南北岸西东。春归杨柳无私意，深浅青黄自不同。"《上林归鸦》云："夕阳鸦背敛残红，万点飞归傍帝宫。应是上林栖宿稳，可曾惊散月明中。"《友人官满》云："三年官满冰霜洁，一日春回宇宙宽。曾向厅前种杨柳，绿阴留与后人看。"《东园书所见》云："娉婷游女步东园，曲径相逢一少年。不肯比肩花下过，含羞却立海棠边。"《苦吟》云："水驿荒寒天正霜，夜深吟苦未成章。闭门不管庭前月，分付梅花自主张。"《苏堤晓望》云："荷边清露袭人衣，风里明蟾浴晓池。凉影润香吟不得，手攀堤柳立多时。""妾身恨不事英雄，果是英雄安有泪。""初阳烘霁途，繁阴布幽林。山禽互嘲哳，为我流好音。倾耳须臾间，已快清冷心。飞盖何为者，傲睨松之阴。翻然移他枝，余弄不可寻。"跋曰："学充而意广，气大而体不偏。用力于先圣之书。"漫塘刘先生曰："观其文，词赡旨远。

为诗深于运思,使人嘉叹不足。"习庵陈先生曰:"仆《庄》、《骚》而奴班马。"止堂黄先生曰:"骚选唐宋,罔不究心。"紫岩潘先生曰:"出入于江西、晚唐之间,而不堕于刻与率者也。"惜端平以后所作,诸老不得见之。吁!

有一货炒栗人,坐亡。无准秉炬云:"平生辟辟剥剥,做尽万千手脚。今朝撒手便行,这回炒得离壳。"随隐拈云:"未敢相许。"

辛巳八月己丑,先君方外友清溪沅禅师坐亡,遗偈云:"六十七年,无法可说。一片云收,澄潭皎月。"随隐拈云:"年本无期,法亦何说?末后倒赃,虚空著楔。咦!若遇波腾岳立时,且道月在什么处。"

卷二

晋侯受玉惰，内史过知其不能长世。赵同献狄俘于周，不敬，刘康公知其必有大咎。晋侯见鲁宣公，不敬，季文子知其不免。郤锜来乞师，将事不敬，孟献子知其"不亡何为。"成子受脤于社，不敬，刘康公知其不反。齐高厚不敬士，庄子知其不免。齐侯、卫侯不敬，叔向知二君之必不免。蔡侯不敬，子产知其将死。伯有不敬，穆叔知其必有大咎。不敬取祸，如响斯答。呜呼！毋不敬，其尧、舜、禹、汤、文、武、周、孔传心之要法欤？

王莽女为平帝后，帝崩，莽不能强之下嫁。汉兵烧未央宫，后曰："何面目见汉家？"赴火自死。非特莽愧其女，刘歆、孔光之徒亦愧矣。羊琇女惠风为愍怀太子妃，刘曜陷洛阳，以赐其将乔厉，仗剑大骂而死，王夷甫诸人不愧乎？刘禅降魏，见蜀伎不悲，有"此间乐不思蜀"之语。孔明之子瞻、孙尚战死，张飞之孙遵、赵云次子广亦战死。北地王谌哭于昭烈庙，先杀妻子，乃自杀。魏以蜀宫人赐将士，李昭仪不辱自杀。禅不特愧于诸臣子，且愧于妇人矣。

晋灵公不君，患宣子骤谏，使钼麑贼之。麑曰："贼民之主，不忠。弃君之命，不信。"触槐而死。宋高祖使张伟鸩旧君，伟曰："鸩君以求生，不如死。"乃于道自饮而卒。子曰："有杀身以成仁，无求生以害仁。"此之谓也。

《东山》之诗，雨雪、寒燠、仆马、衣裳、室家、婚姻，出于圣人之忠厚恻怛，故能感人也。楚子伐萧，师人多寒，拊而勉之，皆如挟纩，遂传于萧，明日萧溃，亦窥见此意。曹操云："行行日已远，人马同时饥。"虽奸雄善于笼络人心，然得《三百篇》之遗。

卫青少为平阳公主马前奴，后贵显，公主择配无逾青者，卒归之。北齐后宫，一裙之费，至直万匹。周灭其国，后妃以卖烛为业。南唐刘承勋穷奢极侈，蓄妓乐数千，一妓价数十万，教以艺又数十万，服饰称之。归京，乞食冻馁死。军卒杨昊宗为丁晋公筑第，丁贬海上，朝廷以第赐呆宗。刘美善锻金，后贵显，赐上方器，视刻工名，多美所造。呜呼！世事翻覆，往往如此。惟德行文章，照耀今古。彼富贵者，犹蜾蝂醢鸡。岂止空言，徒苦民耳。

阎乐引兵入望夷宫，二世愿得一郡为王，弗许。愿得为万户侯，弗许。愿与妻子为黔首，又弗许。麾其兵进，二世自杀。怀帝为刘聪青衣行酒，愍帝执戟前导，行酒执盖，俱不免遇害。炀帝先杀其子，索鸩，不许。自解练巾授令狐行达，缢杀之。朱全忠杀昭宗，方醉卧，遽起，单衣绕柱走，追而弑之。晋王北迁，自采木实草叶食之。冯后阴令左右求毒药，欲与晋王俱自杀，不果。呜呼！君天下，得其道，则富有四海；失其道，求为匹夫而不得，况妻子乎？哀哉！

天子五学：中辟雍，南成均，北上庠，东东序，西瞽宗。学书者就上庠，学舞者就东序，学乐者就成均。天子承师问道，养三老五更，则就辟雍。帝入东学，上亲贵仁。入南学，上齿贵信。入西学，上贤贵德。入北学，上贵尊爵。皆太学也。

《书》称"后稷播时百谷"，《周礼》农贡九谷，《晋志》有八谷，孟子云"树艺五谷"。百谷繁，莫克知。九谷：黍、稷、稻、粱、菰、大小豆、麦、麻。八谷即《诗》之"黍、稷、稻、粱、禾、麻、菽、麦"。独五谷，郑注云："黍、稷、菽、麦、麻。"赵岐云："黍、稷、菽、麦、稻。"日用所急，莫如稻，岐说为是。黄帝用黍制律，积六十四黍为圭。准之黍类，首蓿差小，宜酿酒。杜预谓菽为豆。《唐本草》旧注云："稷即穄也。"

青溪汪先生初筮长沙，出锡器，归舟有锡熟水器，每对之不乐。妻杨氏曰："吾偿其直而得之者，庸何伤？"曰："居官不欲为器皿，奈何以是污我？"杨命投之江中，始无愧色。蔡京当国，欲得知名士附己，以宗子博士召，力辞不就。或潜问其故，曰："吾异时不欲附奸臣传耳。"吁！士大夫能勤小物，故克此心也，享万钟以义，不为京屈，特小小者尔。学犬吠村庄者，愧死无地。

"孽臣奸骄"，为臊羯奴发也。"奉贼称臣"，为陈希烈等发也。"死生堪羞"，为新君营救均、埰及六等定罪发也。此元子书万世纲常之法。陈所翁赋子道臣节云："银旗金甲渡巴西，灵武城楼已万几。一札只闻元帅命，五笺合待使臣归。未闻请表更追表，且看黄衣换紫衣。天性非由人伪减，何缘尚父结张妃。""六等胜如诛独柳，二张纵活亦何颜。太师死后犹书法，水部刑章托颂间。最忆海青投乐器，绝怜甄济隐青山。《中兴碑》下奸臣惧，天道何尝不好还。"溪深毛寒，壁立鬼怖，可不惧哉！

潘紫岩慨慕先隐，集老子以下迄于宣靖可师者，各为小传，曰《幽人景范》。周二十七，附见者四：老聃、尹喜、庄周、列御寇、荣启期、楚狂接舆及妻、长沮、桀溺、荷莜、荷蒉、石门、晨门、颜回、闵损、曾参、原宪、公析哀、漆雕开、仲子及妻、老莱子及妻、公仪休、披裘、闾丘、颜蠋、段干木、黔娄及妻、鬼谷子。两汉二十七，附见者六：鲁二征士、龚胜、彭城老父、宋胜之、庄遵、李弘、郑璞、戴良、向长、禽庆、王霸及妻、逢萌、庄光、范丹、高凤、台佟、梁鸿、孟光、周燮、黄宪、洪直、韩康、陈留老父、魏柏、徐穉、姜肱及二弟、申屠蟠、郭泰、张奉。魏晋十二，附见者六：管宁、张䶮、胡昭、王烈、焦先、皇甫谧及子、方回、孙登、董京、郭文、何琦、孟陋、氾毓、徐苗、翟汤、周邵、汤子庄、陶潜。南朝至五代十九，附见者七：戴逵、刘凝之、沈麟、朱百牢、孔颐、郢野老、寻阳渔父、宗测及宗人尚之、从弟或之、祖炳、明僧绍、阮孝绪、刘许及族兄歊、仲长子光、王通、卫大经、张氲、卢鸿一、张志和、郑遨、王居岩、张令问及弟亢言及子立。宋十八，附见者六：戚同文、宗翼、陈抟、傅霖、杨朴、李渎、魏野及子闲、邢郭、林逋、甄楼真、刘海蟾、张俞、孔旼、高怿、种放、张荛、许勃、潘兴嗣、孙侔、邵雍、成都隐者、张举、刘皋。凡百三十二人。

《汉书》载淮南王安以叛自刑，《神仙传》以为安丹成上升，鸡犬舐鼎亦得仙去。《唐书》纪张果自云："我生尧丙子。"其貌实年六七十，未几亦卒。《神仙传》谓果生尧丙子，二万八千岁矣。尧即位三十四年，丙子至唐开元初才二千八百余年，鲁鱼亥豕之误明矣。不然，《孟子》载文王之地百里，答齐宣王则曰"文王之囿方七十里"，则民居者三十里耳。

会宁郡夫人昭仪王秋儿、顺安俞修容、新兴胡美人、永阳朱梅儿、资阳朱春儿、高安朱夏儿、南平朱端儿、东阳周冬儿、顺政石润儿、高平周赛儿、通化闻润儿、浔阳陈宜儿、胡安化、沈咸宁、黄新平，皆上所幸也。初，东宫以春夏秋冬四夫人直书阁，为最亲。王能属文，为尤亲。虽鹤骨臞貌，但自上即位后，万几之暇，批答画闻，式克钦承，皆出其手。然则王非以色事主，度皇亦悦德者也。

庚申八月，太子请两殿幸本宫清霁亭赏芙蓉、木犀，诏部头陈盼儿捧牙板歌"寻寻觅"一句，上曰："愁闷之词，非所宜听。"顾太子曰："可令陈藏一即景撰快活《声声慢》。"先臣再拜承命，五进酒而成。二进酒，数十人已群讴矣。天颜大悦，于本宫官属支赐外，特赐百匹两。词曰："澄空初霁，暑退银塘，冰壶雁程寥寞。天阙清芬，何事早飘岩壑。花神更裁丽质，涨红波、一奁梳掠。凉影里，算素娥仙队，似曾相约。　　闲把两花商略，开时候、羞趁观桃阶药。绿幕黄帏，好顿胆瓶儿著。年年粟金万斛，拒严霜、绵丝团幄。秋富贵，又何妨、与民同乐。"明年四月九日，储皇生辰，令述《宝鼎现》，俾本宫内人群唱为寿，上称得体。词曰："虞弦清暑，佳气葱郁，非烟非雾。人正在、东闱堂上，分瑞祥辉腾翠渚。奉玉斝，总欢呼称颂，争羡神光葆聚。庆诞节、弥生二佛，接踵瑶池仙母。　　最好英慧由天赋，有仁慈宽厚襟宇。每留念、修身忧意，博问谦勤亲保傅。染宝翰、镇规随宸画，心授家传有素。更吟咏、形容雅颂，隐隐赓歌风度。　　恩重汉殿传觞，宣付祝、恭承天语。对南薰初试，宫院笙箫竞举。但长愿、际升平世，万载皇基因睹，问寝日，俟鸡鸣舞，拜龙楼深处。"又明年，赐永嘉郡夫人全氏为太子妃。锡宴毕，太子妃回宫，令旨俾立成《绛都春》家宴进酒词，曰："晴春媚晓。正禁苑乍暖，莺声娇小。柳拂玉阑，花映朱帘韶光早。熙朝多暇舒长昼，庆圣主、新颁飞诏。贻谋恩重，齐家有训。万邦仪表。　　偏称宫闱欢笑。酿和气共结，天香缭绕。侍宴回车，诏部将迎金莲照，鸡鸣警戒丁宁了。但管取、咸常同道。东皇先报宜男，已生瑞草。"若此者余百篇。史臣章采称陈藏一长短句以清真之不可，学老坡之可。东宫应令，含情托讽，所谓曲终奏雅者耶。沉香亭《清平之调》，尚托汗青以传，藏一此词，合太史氏书法，宜牵联得书。

二十四班：行门、长入祇候、殿前指挥、左右班、御龙直、金枪班、银枪班、散员、散指挥、骨朵直、散祇候、散都头、东一至五、西一至二、茶酒新旧四班、招箭班、殿直、弓箭直、弩直、散直、禁卫内殿直、散钧容直、随龙忠佐习驭直。先是，太祖自陈桥驿拥兵入觐，长入祗候班乔、陆二卒长率众拒于南门。乃入自北，解衣折箭誓不杀。咸义不臣，自缢。太祖亲至直舍，叹曰："忠义孩儿。"赐庙曰"忠义"，易班曰"孩儿"。至今孩儿班，于帽子后垂头帠二条，粉青者为世宗持服，红者贺太祖登极。直舍正门护以黄罗，傍穿小门出入，旌忠也。先臣奉敕撰《二侯加封续纪》，云："生而忠，舍一身以立大节；殁而神，历百世以显威灵。国家赖若而人扶持，风化赖若而人激励，灾旱赖若而人捍御。朝廷宠之美号，邦人倚之徽福，岂他祠例论哉！长入祗候班乔、陆二侯，忠义见于建隆之初，福祉施于景定之后，雨旸灾患祷辄应。班首小臣陈桂等以状闻，于是忠义威烈之褒，忠烈德义之宠，盖所以广解衣折箭之誓，俾之与国同休者也，宜刻坚珉，以劝万古。皇帝以命臣藏一，臣藏一再拜稽首而献文曰：'太祖肇造，历数攸归。尔乔尔陆，忠节不移。誓永宥尔，折箭解衣。舍生取义，庙食于兹。后三百载，愈显灵威。捍灾御患，福被髦倪。爰锡徽号，劝忠匡私。服我休命，永佑昌时。'"

偶败箧中，得上每日赐太子玉食批数纸，司膳内人所书也。如酒醋白腰子、三鲜笋炒鹌子、烙润鸠子、燠石首鱼、土步辣羹、海盐蛇鲊、煎三色鲊、煎卧乌、炸湖鱼、糊炒田鸡、鸡人字焙腰子、糊燠鲇鱼、蝤蛑签、麂膊及浮助酒蟹、江蚬、青虾辣羹、燕鱼干、燠鳎鱼、酒醋蹄酥片、生豆腐百宜羹、燥子煠白腰子、酒煎羊二牲醋脑子、清汁杂胚胡鱼肚儿辣羹、酒炊淮白鱼之类。呜呼！受天下之奉，必先天下之忧，不然素餐有愧，不特是贵家之暴珍。略举一二，如羊头签止取两翼，土步鱼止取两腮，以蝤蛑为签，为馄饨，为枨瓮，止取两螯，余悉弃之地，谓"非贵人食"。有取之，则曰："若辈真狗子也。"噫！其可一日不知菜味哉。

先君号藏一，盖取坡诗"惟有王城最堪隐，万人如海一身藏"之句，梦窗吴先生文英为度夷则商，犯无射宫，制《玉京谣》云："蝶梦迷清晓，万里无家，岁晓貂裘敝。载取琴书，长安闲看桃李。烂绣锦、人海花场，任客燕、飘零谁计。春风里，香泥九陌，文梁孤垒。　　微吟怕有诗声戛。镜慵看、但小楼独倚。金屋千娇，从他鸳暖秋被。蕙帐移、烟雨孤山,待对影、落梅清泚。终不似,江上翠微流水。"

襄樊之围,食子爨骸,权奸方怙权妒贤,沈溺酒色,论功周召,粉饰太平。杨金判有《一剪梅》词云:"襄樊四载弄干戈,不见渔歌,不见樵歌。试问如今事若何?金也消磨,谷也消磨。　柘枝不用舞婆娑,丑也能多,恶也能多。朱门日日买朱娥,军事如何,民事如何?"

云间酒淡,有作《行香子》云:"浙右华亭,物价廉平。一道会买个三升。打开瓶后,滑辣光馨。教君霎时饮,霎时醉,霎时醒。　听得渊明,说与刘伶,这一瓶约迭三斤。君还不信,把秤来秤,有一斤酒,一斤水,一斤瓶。"呜呼,岂知太羹玄酒之真味哉!

卷三

　　孟享驾出，则军器库、御酒库、御厨、祗候库、仪鸾司、御药院从物前导，骐骥院马引从，舍人、内外诸司库务官继之。前驱亲从左右各二十一人，控拢亲从三百十四，沿路喝赞舍人二，文武左右各八，都下亲从如其数。阁门宣赞捧驾头于马上，乃太祖即位所坐，香木为之，金饰四足，随其角前小偃织藤冒之。至则迎驾者起居，引驾主首左右各五人，阁门提点、御史台诸房副承直、御椅子、簿书官、阁门祗候、金枪、银枪、招箭、东一至五、西一至二、茶酒等班、环卫、御带、内等子、逍遥子、御辇院官、御燎子、翰林司官、阁门觉察、宣赞二人，殿侍五十二，快行如上数而杀其二。御马数十，院官随之。警跸八人，殿侍执从物者十人，行门往来禁卫内编排三十人，知阁步帅行于中，御龙直执从物者八十人，引驾长八人，祗候左右班各二十人，殿前指挥使如上数各杀其六。亲方围子二百四十人，内殿直、御龙直各二百，崇政殿亲从、内外等子各如上数，内等子十七人，作内围子、主管殿司公事、主管禁卫官押之。烛笼两行，各六十人。快行如初数。行门二十四人。擎辇六十人，中仰天颜盖二，扇二。挟辇殿前指挥使左右各二十四人，内殿直如之。挟辇御药左右各二人，插带内外御带倍上数，带御器械阁下官又倍之，文武亲从又各如前数，筬一扇二。左贤右戚，乘马从驾弹压。宫殿之行门以下：舒脚幞头，大团花罗袍。击鞭编排：小团花罗袍。御龙直、茶酒等班：红地方胜练鹊缬罗衫，各涂金束带。控拢御马左右直：执七宝素红玛瑙鞭各二，擎硃红水地戏珠龙机子各一，皂纱帽，青地荷莲缬罗衫，涂金束带。文武亲从：贴锦帽，紫宝相花大神衫，铜革带。内外围子：皂纱帽，红地黄白狮子缬罗衫，绯线罗背子，涂金戏狮束带。前引从并姜牙帽，三色缬衫，铜带。亲事官曲脚幞头，簇四金雕袍，涂金带。百官诸司并朝服。阮秀实《仰瞻圣驾》诗云："紫烟敛翠碧天长，柳荫旌旗午尚霜。一朵彩云擎瑞日，光华尽在舜衣裳。"僧必万云："轻尘不动马蹄催，警跸声中圣辇来。汉代威仪周礼乐，太平天子拜香回。"若恭谢驾回，于围子内作乐，添教坊东西班各三十六人，丞相以下皆簪花。姜夔云："六军文武浩如云，花簇头冠样样新。惟有至尊浑不带，尽分春色赐群臣。""万数簪花满御街，圣人先自景灵回。不知后面花多少，但见红云冉冉来。"潘牥云："辇路安排看驾回，千官花压帽檐垂。君王不辍忧勤念，玉貌还如未插时。"邓克中云："辇路春风锦绣张，裁红剪绿斗芬芳。黄罗伞底瞻天表，万叠明霞捧太阳。"阮秀实云："宫花密映帽檐新，误蝶疑蜂逐去尘。自是近臣偏得赐，绣鞍扶上不胜春。"先臣云："幸骖恭谢睹繁华，马上归来戴御花。老妇稚儿相顾问，也须春色到诗家。"

真德秀草《招安湖南草寇诏》，云："自有天子至于今日，未闻盗贼得以全躯。弄潢池之兵，谅非尔志；烈昆冈之火，亦岂余心。"上称其得体。姚勉《述救祭阎妃文》曰："五云缥缈，谁扣玉扃?"上怒曰："朕虽不善，未如明皇之甚也。"姑苏守臣进蟹，应制程奎草批答云："新酒菊天，惟其时矣。"上曰："茅店酒旗语，岂王言耶?"令陈藏一拟闻。先臣援笔立成，略曰："内则黄中通理，外则戈甲森然，此卿出将入相，文在中而横行匈奴之象也。"上乃悦。又承旨令述太乙宫明禋祈晴设醮青词，云："我将我享，爰有事于明堂。载祷载祈，肃致忱于楚帝。"上自改为"上帝"。楚，邦昌逆号也。凡代王言，不可不谨。

秦始皇讳政，改正月为端月。汉宣帝讳询，改荀卿为孙卿。明帝讳庄，改庄光为严光。司马氏讳昭，改昭君为明妃。晋简文母郑太后讳阿春，改春秋为阳秋。仍之非也。

《礼》曰："刑不上大夫。"以其近君也。故不廉曰簠簋不节，污秽曰帷薄不修，罢软曰下官不职，尚迁就为之辞。有大罪者，闻命则北面自裁，曰："子大夫有过，吾不忍加刑焉。"故淫者更绝缨，盗者更赐酒，而甚于耻戮。唐家待士，不用廉耻。姜皎官三品，且有功，犹杖辱之，况簿尉乎?故神器屡摇，盖不养士气于浑沦之中，服其形而不服其心。《孟子》曰："君之视臣如犬马，则臣视君如寇仇。"此之谓也。

先君会天下诗盟于通都，随隐才十二三，诸先生以孺子学诗可教而教以诗。吴一齐石翁云："大隐君家小隐君，得名太半忌人闻。秋窗吟共缑山月，晓榻眠分华岳云。莺欲引雏先出谷，马才生骥便离群。新诗却要多拈出，突过郎罢张我军。"杜北山汝能云："父子名相继，如君又出奇。乾坤钟秀气，湖海诵新诗。放鹤春风远，横琴夜月迟。未应随大隐，闲过圣明时。"刘雷厓彦朝云："坎止流行只任天，行庐新傍紫薇边。夜窗低过宫花月，晓巷深横御柳烟。五字肯同余子说，一灯亲自乃翁传。虽然不作功名念，却恐功名逼少年。"景定癸亥，特旨以布衣除东宫掌书，吟社贺诗数十，仅记五首。钱春塘舜选云："吟笔何须管用银，日供撰述圣恩新。只今已脱凡尘去，便作金丹换骨人。""夜泛孤舟载月船，静搜吟料六桥边。诗成上达宸聪了，流落人间到处传。"吕雪屋三余云："青宫楼观近尧阶，班列屏风间坐开。人羡杜闲生杜甫，天教苏颋继苏瓌。马归禁苑行边柳，鹤伴平山隐处梅。我恨长镵剿黄独，九年无计策衰颓。"柳月硐桂孙云："镂玉裁冰字字奇，少年亲结九重知。君臣际遇荣千载，父子推敲冠一时。罍进楚兰春奏雅，瓶分陶菊夜联诗。五云楼近开黄道，金紫连班进赤墀。"菊窗俞氏云："万人海里辟幽扉，欲学深居只布衣。不道内前车马闹，又催父子入宫闱。"丙寅来归江西名胜，又赠诗词，黄梅塘力叙云："诗在天地间，风清月明处。若为深闭门，而可觅佳句。夫君小元龙，豪气隘区宇。青春发诗材，秀苗长膏雨。流水与行云，吾不见滞住。乘月涤吟毫，玉碗三危露。超诣自透脱，悟在观剑舞。入宫画蛾眉，胡为众女妒。君诗亦何憾，千载一时遇。向也诗道昌，吟声喧禁籞。应制沉香亭，龙巾曾拭吐。今焉诗道厄，短篴策江路。悲啸《梁甫吟》，佗傺《离骚赋》。浮云时卷舒，睨此知出处。此其随之义，大隐会境趣。天地梅又春，风紧雪飞絮。一笠灞桥驴，吟鞭且临汝。得句从人传，传今亦传古。要知是家传，审言以传甫。传之而又传，衣钵传宗武。"张溪居彝云："酝藉中涵廊庙姿，诗文都好见宸批。只蒙四字君王宠，虮虱微臣不用题。"周野舟济川《八声甘州》云："有乾坤清气入诗脾，随龙散神仙。蘸西湖和墨，长空为纸，几度诗圆。消得宫妃捧砚，夜烛照金莲。试问隔屏坐，谁后谁先。　　　长是花香柳色，更风清月白，入吟笺天。自霞觞误覆，谪下玉皇边。笑随归山中随隐，且醉挤斗酒写新篇。天应笑、呼来时后，记上襟船。"壬申秋留西湖半载，吴松壑大有《饯行》云："我昔见君方成童，长吉才华惊巨公。人间科第不屑就，直使声名闻九重。乃翁引上凝华殿，《子虚》不待他人荐。入直承明凡几年，天上奇书尽曾见。翩然归去大江西，二疏父子还相随。故乡分得云水地，却喜不爽渔樵期。春雨骑牛对烟草，何如振衣随龙五云表。秋霜黄独煨地炉，何如驼峰犀筋食天厨。林间食叶抄诗句，何如宫妃捧砚挥毫处。溪边照影著荷衣，何如龙门应制夺锦时。钧天梦断难回顾，浩然合在山中住。金石台前伴白云，六年不踏西湖路。今日重来发长吁，忍看清平破草庐。尽拈书籍向人卖，归买田园供荷锄。乃翁八十齿发落，倚门待儿斜日薄。孤山梅花带不归，却唤扁舟载童鹤。"俯仰之间倏三十稔，吾翁诸老皆赋玉楼，西湖吟社各天一涯。穷达一场春梦，故记之。

带格三十二：三品以上玉，四品以上金，余并金涂银，错班金涂铜。笏头一字，王外执政两府，笏头毬绞，宰执。排方御仙花，正侍郎知阁节使。螺犀，权侍郎。丝头荔枝，正任副使横行。球路，内侍。海捷，幕士辇官。剔梗荔枝，训武郎下。柘枝，快行亲从。太平花，随龙忠佐。碎草，茶酒班。师蛮，人仙，犀牛，宝瓶，行虎，戏童，宝相，胡荽，凤子，野马，双鹿，方胜，云鹤，坐神，并班直。天王，亲事官。行狮，行门。行鹿，御厨教驳。盘凤，翰林司。凹面，教坊。醉仙，御龙直。獐鹿。军头司仪鸾司。

韦忠不就张华之辟，张象不为国忠之谒，何其少也。以柳子厚之才而附叔文，以萧至忠之美而事韦后，何其多也。此张无垢所谓：贪冒之士，如落秽溷污渠中，如何使人敢近；廉正之士，如竹间清风露气，洒洒袭人，观者已觉心目顿快，况处其间哉？

《左传》之山鞠穷、庚癸呼，《列女传》之食猎犬、组羊裘，荀卿之"大"赋，东方朔之蜥蜴，皆隐记也。今何谓之始于杨修，何独以曹娥名耶？

信庵先生开阃维扬时，偶入教场，取芰草二卒所带便袋，题姓名悬梁间。越两月，忽俾缉捕。呼至，亟命释缚，饮以太白。时回易库纳息钱二百袋，一袋万瓶楮也。俾各负一袋，环行三匝。曰："能益乎？"曰："能。"曰："汝等健儿，当力战取富贵。用叉袋中钱，小箧仅藏三十二楮，岂不辱国？呼卢百万，大丈夫事也。且各将两袋去用，用尽再来取。"高沙凯还，人困马疲，悦道旁假山，令诸军随意负归。众怒,多弃于半途。余至,毕秤石轻重,价以银,而弃石于野。其鼓舞驾御,有赏徙木、傲黥布、骂赵将之风。

"手执《黄庭》上石台,竹阴扫月遍苍苔。欲从此处即仙去,玉立清风待鹤来。"赵十洲希彭诗。赵君入仕四十年,虚静恬淡,寂寞无为,除南雄守,不赴。丙寅九日,别亲友理家事,端坐而逝。遗偈曰:"六十二年皮袋,放下了无挂碍。青天明月一轮,万古逍遥自在。"与前诗类,达矣。

壬戌秋,储君赐先臣《记颜赞》云:"文窥先汉,诗到盛唐。侍余左右,知汝忠良。王城虽大如海,政恐一藏而不得藏也。"甲戌秋《自赞》云:"年方九秩开,丹脸映碧眼。习静寸心安,味穷百事懒。由中以致和,闻道亦非晚。"噫!十年撰述幸随龙,二圣在天应默眷。

绍定庚寅春,汀寇入谯,赵守窜。殿司裨将胡斌领弱卒二百巷战,矢尽力折,易双铁鞭,所杀尤众。死焉,坐执双鞭,屡日不僵。民赖其力,多获窜免。守臣王野闻于朝,赠武节大夫,赐庙额"忠勇"。刘后村诗云:"士各全躯命,惟侯视死轻。张巡须尽怒,先轸面如生。短刃犹枭寇,空拳尚背城。新祠箫鼓盛,人敬此神明。"

四明倪君奭临终赋《夜行船》词云:"年少疏狂今已老。筵席散,杂剧打了。生向空来,死从空去,有何喜,有何烦恼。　　说与无常二鬼道,福亦不作,祸亦不造。地狱阎王,天堂玉帝,看你去那里押到?"

叶靖逸绍翁《赞洞宾像》云:"拈吟髭,剑在前。心中月,天上圆。"《猫图》云:"醉薄荷,扑蝉蛾。主人家,奈鼠何?"

林可山称和靖七世孙,不知和靖不娶已见梅圣俞序中矣。姜石帚嘲之曰:"和靖当年不娶妻,因何七世有孙儿?盖非鹤种并龙种,定是瓜皮搭李皮。"石帚之诗,特甚于郭崇韬、李环之拙,戒之。

杭城外北新桥,某翁枕流居焉。门有蒲萄七架,时旱,翁勤灌溉,独盛。宿架下,以防盗。忽二三鬼出水面,贺得替,曰:"明午方巾白衫,自北而至者是也。"及期,翁株坐以俟,果有方巾白衫者大笑入水,急救之。是夕,鬼诟曰:"吾经数十年刚得替,而汝夺之,吾将杀汝。"取淤泥瓦砾乱掷,翁怅惧而入。又击户。黎明,蒲萄无孑遗矣。盖盗诈鬼，舣舟以载也。噫！移此智以迁善，谁能御之？

　　史相生朝，寺观皆有厚馈，独无准献偈云："日月两条烛，须弥一炷香。祝公千载寿，地久与天长。"史大喜。随隐拈云："满口道著。"

　　云峰德师住抚之广寿，途遇时贵，避不及，有违言，即上堂别众云："澹然无累水云僧，去住分明叶样轻。十字街头休作梦，五湖依旧一枝藤。"随隐拈云："札得眼来，白云万里。"

卷四

杨慈湖简《题平江府太伯庙》云:"三以天下让,先圣谓至德。简也拜庙下,太息复太息。三辞不难也,太伯无人识。胡为无得称,万象妙无极。"或曰:太伯之神无形体,何故言象又言万?通大道者,匪有匪无,象即无,万即一,一即万,尚不思而可言乎?言即无言。天地内外皆太伯,人皆见之而不识。冯深居去非《赞》云:"太伯之远启吴宇也,其周之盛德耶?显哉丕谟,承哉丕烈,维天有成命,匪躬之责,委而去之,川逝河决。孔子不云乎:'可谓至德也已矣。'虞仲隐居,季札守节,其流芳遗烈欤。郡以吴隶,礼逊维则。"

古之大儒,格物以为学,伦类通达,谓之真知。其次,博物以为闻,敏识强记,谓之多知。真知者,德性之知。若颜子闻一知十,子贡告往知来,曾子致知,子夏日知月无忘是也。多知者,见闻之知。若子产汾神之对;绛老疑年,师旷知获侨如之岁;左史倚相能读《三坟》、《五典》、《八索》、《九丘》,不能知《祈招》之诗,而子革能之;祝佗诵载书于苌弘,以长卫侯于盟是也。真知者,优入圣域,回、赐、参、商外,无闻焉。多知者,非命世之英,如子产、游吉、师旷、叔向、子革、椒举、祝佗之外,不能也。后世真知者寂然,多知者唯刘向而已。

春秋妇人有谥。晋之声子、敬嬴、鲁之哀、声、穆诸姜,齐、宋两共姬,此国君夫人之得谥者。穆伯之妻敬姜,此大夫妻之得谥者。郑武姜、秦穆姬、晋怀嬴、卫之宣、庄二姜、宋威、许穆、晋悼,此因国君之谥而名之者。鲁人哀此姜,谓之哀姜,此私谥也。谥以表德,妇人以三从为德,夫之德即其德,故礼从夫谥。是以《舜典》言汭汭厘降之事,则二妃所观之刑可见;《周诰》著文武之烈,则大姒所嗣之音可传也。

传曰:因生赐姓,胙土、命氏,及字、谥、官、邑,六者而已。今推广为十七类:一曰以国为氏。五帝之前,有国者不称国,以名为氏,所谓无怀氏、葛天氏、伏羲氏、燧人氏者也。神农、轩辕虽曰炎帝、黄帝,犹以名为氏。至唐、虞、夏、商、周,而后以国为氏,诸侯亦然,鲁、卫、齐、宋之类是也。支庶称氏，适他国则称国，如宋公子朝，在韩则称宋朝，卫公孙鞅，在秦则称卫鞅。二曰以邑为氏。原以周邑而得氏，申以楚邑而得氏。鲁有沂邑，因沂大夫相鲁，而以沂相为氏。周有甘邑，因甘平公为王卿士，而以甘士为氏。三曰以乡为氏。四曰以亭为氏。封建五等，降国为邑，邑有关内侯、乡侯、亭侯。关内邑者，温、原、苏、毛、甘、樊、祭、尹之类是也。封于乡者以乡氏，封于亭者以亭氏。五曰以地为氏。居傅岩者为傅氏，徙稽山者为稽氏，主东蒙之祀者为东蒙氏，守桥山之冢者则为桥氏。豽氏因豽班食于豽门，颍氏因考叔为颍谷封人。东门襄仲为东门氏，桐门右司为桐门氏。隐于甫里、绮里者为甫里氏、绮里氏。六曰以姓为氏。姓之为氏与地之为氏皆因所居而命也。得赐者为姓，不得赐者为地。居姚墟者赐以姚，居嬴渎者赐以嬴，姬之得赐居于姬水，姜之得赐居于姜水。七曰以字为氏。八曰以名为氏。诸侯之子称公子，公子之子称公孙，公孙之子以王父字为氏。如郑穆公之子曰公子騑，字子驷，其子曰公孙夏，其孙则曰驷带、驷乞。宋威公之子曰公子目夷，字子鱼，其子曰公孙友，其孙曰鱼莒、鱼石。鲁孝公之子曰公子展，其子曰公孙夷伯，其孙曰展无骇、展禽。郑穆公之子曰公子丰，其子曰公孙段，其孙曰丰卷、丰施。天子之子亦然。王子狐之后为狐氏，王子朝之后为朝氏。如公子遂之子曰公孙归父，字子家，其后为子家氏，父字为氏者也。季孙钼，字子弥，其后为公钼氏，父名为氏者也。九曰以次为氏。伯、仲、叔、季之类是也。十曰以族为氏。族近于次者，氏之别也。孟氏、仲氏，别兄弟也。丁氏、癸氏，别先后也。祖氏、祢氏，别上下也。第五氏、第八氏，以同居别也。孔氏子孔氏，旗氏子旗氏，字之别也。轩氏、轩辕氏，熊氏、熊相氏，名之别也。季氏之有季孙氏，仲氏之有仲孙氏，叔氏之有叔孙氏，嫡庶之别也。十一曰以官为氏。太史、太师、司马、司空是也。十二曰以爵为氏。皇、王、公、侯是也。十三曰以谥为氏。庄氏出于楚庄王，康氏出于卫康公。鲁僖公、宣公之后为僖氏、宣氏。文、武、哀、谬皆是也。十四曰以吉德为氏。赵衰，人爱之如冬日，后为冬日赵氏。吉有贤人为老成子，后为老成氏。十五曰以凶德为氏。英布被黥为黥氏，杨感枭首为枭氏。十六曰以事为氏。

夏侯氏遭有穷之难，后潜方娠逃出，自窦而生少康，支孙以窦为氏。汉武帝认丞相田千秋乘小车出入省中，后因以车为氏。十七曰以技为氏。巫者之后为巫氏，以至卜氏、匠氏、豢龙、御龙、干将氏者亦莫不然。三代之后，姓氏混矣。

梁冀不顾清河王蒜明德属亲，而立蠡吾侯，以为富贵可长保，然族冀者，桓帝也。郭崇韬知庄宗之嬖刘氏，请立为后，中庄宗之欲，结刘氏之援，为自安之计，至深至厚，然杀崇韬者，刘氏也。故君子守道德之正，而祸福之变岂思虑所能及哉？

高疏寮《骑鸾引》云："夜骑白鹤出琳阙，千万仙官锵珮玦。云雷贴妥过罡风，左推日丸右扶月。一息瑶池翠水家，阿母迎谒龙驱车。青娥弹丝玉妃酒，折尽蟠桃红玉花。九天丈人来问道，太极之前天不老。丹霞一炁玉虚宫，宝笈绳金容探讨。井君沐浴波五色，洞房光芒上奔日。天上传呼六丁直，星斗离阑碍鸾翼。"钱春塘《纪梦》云："翠峰嵯峨三十六，寒泉落空响哀玉。氄花石路势萦纡，玉阑干护修篁绿。雪髯老人负紫瓢，金丝麈尾摇相招。红螺酌酒湛湛碧，坐倚苍石吹洞箫。孤鹤来传天上诏，老人挽余偕一到。飘飘高举凌青冥，直过罡风履黄道。祥光楼阁倚峥嵘，神虎守关森卫兵。双阖朱扉忽微启，中有灵官来远迎。绛衣持斧立丹陛，玉皇手中玉如意。云璈风瑟自宫商，天声清越非人世。帝旁青童传帝宣，文华宫中呼谪仙。谪仙顾余笑且言，子宜亟反来他年。探囊赠我五色笔：'子当宝之慎勿失。'浓香氤氲迷帝所，长揖老人下西庑。身从日上仰头行，俯视斗杓分子午。云气相随步武生，过耳但觉松风鸣。觉来握笔纪佳梦，月明楼鼓挝三更。"毛吾竹《钧天》云："鸢飞鱼跃，凫短鹤长。各适其适，孰尤彼苍。奈何人异于万物，身备乎五常。学关乎经济，志效乎忠良。乃使蜗蚓同槁乎土壤，鸿雁俱逐乎稻粱。精神所著，梦游八荒。浴银河翻月之浪，熏旃檀带露之香。戴芙蓉九华之冠，披云锦五色之裳。骑祥麟兮翳彩凤，攀若木兮拂扶桑，直造乎玉皇香案之傍。白虎守关御剑芒，荧惑执法齿发张。皇夔丘旦列雁行，肃然鸣佩谐宫商。关张卫霍立两厢，相向盾甲明如霜。千官拜起低复昂，星辉霞彩难为详。一人殿中立宣扬，令臣奏事无恐惶。臣愚幸睹天日光，愿拜短疏裨毫芒。

读罢帝亲把袖藏,曰汝所奏见未尝。政如药性和温良,一一可以瘳民疮。又如百炼昆吾钢,用之国可无妖祥。惜哉无遇徒心伤,亟宜归世朝君王。君王神圣今禹汤,勤求贤隽食不遑。扶天大象亲提纲,充庭至宝皆琳琅。尚怜空谷遗幽芳,蒲轮鹤诏纷相望。赐汝紫绶黄金章,衮衣赤舄坐庙堂。燮调万化跻时康,凌轹周汉超虞唐。赐主斧钺羽林枪,专征不义诛暴强。火铃霹雳杵金刚,摄伏百怪回澜狂。载命玉女斟霞觞,赐汝天酝九霞浆。一饮尽蜕藜藿肠,令汝身贵家亦昌。不论中国蛮与羌,虫鱼草木皆春阳,天子万寿永无疆。汝乘白云来帝乡,二十八宿与翱翔。臣辞草茅不敢当,逊于稷契暨夔斫。罡风满路,明月在床。"皆不食烟火语,而《钧天》尤富赡云。

魏明帝景初元年,徙长安铜人承露盘,盘折,声闻数十里。重不可致,留于霸城。大发卒铸铜人二,号翁仲,列坐司马门外。抱独先生命先人与钱菊友颖即席以久字韵赋翁仲。菊友云:"武皇骑龙朝帝后,露湿铜仙古苔绣。景初命名翁与仲,无复衣冠仍汉旧。柏圭大剑高嵯峨,不动如山严镇守。岂知屹立司马门,九鼎暗移司马手。变迁陵谷亦何易,洛阳尘埃一回首。因嗟宠辱非可常,世间何者为长久。君不见后来荆棘埋铜驼,坐想失身横陇亩。"先人云:"铜仙擎露秋风表,珍重刘郎千万寿。老瞒攘鼎贻孙谋,因逼此仙俱受垢。仙宁折骨拒非招,耻为奸雄效奔走。污名翁仲俾司门,口不能言心自否。洛阳宫殿一灰飞,天上此标独长久。君不见堂堂冠剑隐藤城,万古六丁驱鬼守。"先生跋云:"绍定壬辰九日,抱独山人徐逸观陈藏一所作翁仲诗,观其命意布辞,灼见魅乡,呼魄指冤,俾受言奖,如在荆棘中流涕而话往事。呜呼!如诗人忠愤之心,随事而见,可胜叹哉。因执笔惘惘而书。"

甲子六月六日昧爽,福宁殿东西向列《圣训》及《读书纪要》各二匣,《凝华集》一匣。太子两拜问安,又两拜云:"臣某职守东闱,恩承南面,近思问学,谨葺韦编。兹盖伏遇爹爹皇帝陛下,圣训尊严,师资妙选,遂令谞见晋彻睿知。臣下情无任瞻天望圣,激切屏营之至。"两拜擂笏舞,三拜开匣,各奉一册以进。两拜云:"纂辑所闻,编摩亦久,惭非博学,幸澈严宸。陛下教育岁深,修为日渐。谨祈锡览,终赐玉成。"两拜,进《凝华集》,云:"自幼习诗,久承亲训,僭编草稿,恭进黈阶。陛下勤于教子,学乃知方。仰冀圣慈,锡之乙览。"两拜,退。本宫圣堂祈祝文云:"愚昧谫才,勉强问学。凤佩君亲之训,垂二十年。问安视膳之顷,凡一语一言之教诏,服膺弗失。会集为编,目曰《圣训》,凡二百卷。卜吉恭进,惟神灵阴相之。"八日付史馆。赐诏云:"朕惟万邦克正,端自元良,百世昭垂,常存典则。爰示宗严之训,以贻燕翼之谋,期续心传,用敷言教。皇太子某天资既淑,学问益充,凡平时丁宁告戒之辞,悉见于躬行践履之际。复加编集,以示鉴观,爰实契于朕心,可永垂于世则。庸加谕旨,不寓至怀。"九日起居毕,致词云:"顷集训言,获遭乙览,登之史馆,奖以温辞。陛下道重传心,恩深教子,敢不益加勉励,庸竭忠勤。"两拜,进诗云:"宠颁御墨十行新,天锡光华被小臣。家学传心当谨守,恩深何以报君亲。"两拜,舞蹈退。祝文云:"昨者告忱,恭进圣训,果蒙默佑,得激宸严。君亲悦怡,宣付史馆。不惟见某平日积习之功,亦我皇上天纵之学,修齐治平之道,藏之石渠,照耀今古。佩服神追,与此编相为长久。尚享。"

理宗《御容自赞》云:"身黄屋兮心太虚,动节度兮静恬愉。肥瘠以天下兮,不移夫厥居。夫孰为广成子兮,吾将问道于千岁之余。"

"独恨太平无一事,江南闲却老尚书。"萧宰易"恨"为"幸"。"云山苍苍,江水泱泱,先生之德,山高水长。"李泰伯易"德"为"风"。"日斜奏罢长杨赋",半山易为"奏赋长杨罢"。"白玉堂中曾草诏,水晶宫里近题诗"。韩子苍易为"堂深宫冷"。晁无咎《试交趾进象表》云:"备法驾之前陈。"周益公易"陈"为"驱"。古词云:"春归也,只消戴一朵荼蘼。"宇文元质易"戴"为"更"。皆一字师也。

己卯冬,访钦雪岩于仰山相谢上堂云:"千里相寻慰寂寥,未嫌风雪路迢迢。庐山虽好且休去,更拨寒炉话一宵。"明年九日,访珍南州于开元上堂云:"从上行,不到处行,取步步登高。从上说,不到处说,取言言见谛。白酒酿千家,黄花开满地。噫嘻!陶渊明若知有今此世界,终不执著东篱。"置拂子下座。又明年,访常竹坞于龟峰上堂云:

"一藏一切藏错,随隐随时隐错。霭霭春云,眼中金屑。直饶并到帝王前,总是一团闲落索。置拂子顾众云。还见么,这落索,天将以夫子为木铎。"随隐拈云:"铿金戛玉,则不无三大老同一舌头。虽然多赞,不如少骂。"

卷五

《春秋》何始于鲁隐公？杜预谓"平王，东周之始王。隐公，让国之贤君。"非也。桓公弑兄，诸国无讨贼者，自平王不能复父仇始，此《春秋》之所以作也，此《春秋》之始于隐公也。孔子作《春秋》而乱臣贼子惧，惟孟子知之。

周公告二公曰："我其弗辟，我无以告我先王。"辟，法也，当置管、蔡于法。辟，避也，居东以避之。辟，君也，我若有无君之心，何以告我先王？三说俱通，必有能辨之者。

齐桓公盟洮、盟牡丘，会咸、会淮，兵车之会四。庄十三年会北杏，十四年会鄄，十五年会鄄，十六年盟幽，二十七年盟幽，会柽，盟贯，会阳谷、首止、宁母、葵丘，衣裳之会十有一。孔子但言九合诸侯，不以兵车。盖北杏始图霸，初会鄄，霸未成，庄十五年再会鄄为始。传曰："复会焉，齐始霸也。"

石骀仲卒，无适子，有庶子六人。卜所以为后者，曰："沐浴佩玉则兆。"五人皆沐浴佩玉。石祁子曰："孰有执亲之丧而沐浴佩玉者乎？"不沐浴佩玉。石祁子兆。齐大饥，黔敖为食于路，以待饿者而食之。有饿者蒙袂辑屦，贸贸然来。黔敖左奉食，右执饮，曰："嗟来食！"扬其目而视之，曰："予惟不食嗟来之食，以至于斯也。"从而谢焉。终不食而死。于此见古人仁孝之理。前一章叠四"沐浴佩玉"字而文不繁，后一章省二"饿者""黔敖"字而文愈简，又见古人叙事之法。

风者，动也。上之化下，如风之鼓动万物也。雅者，正也。天子齐正万物也。颂者，后王赞美祖宗之功德也。一国之事各不同，皆本于君，故即其教化之美而名以风。《大雅》固皆天子之事，《鹿鸣》嘉宾、《采薇》王政之兴，可以小言，至《文王》《大明》，美则大矣。《节彼南山》《正月》诸诗，王政之废，可以小言，至于《板》《荡》坏，则大矣。况遣戍复古，育材南征，不过指陈一事，至于受命明德，既醉守成，治则大矣。积小雅以成大雅，积风成雅，积雅成颂，故诸侯有风而无雅，天子有雅而无风。平王政令不行，《黍离》十诗，不刺则闵，不闵则思，自降为风。德不文，功不武，则不颂。鲁特列国之风以美之也。

子畏于匡，厄于陈蔡，伐木于宋，削迹于卫。颜子一箪食，一瓢饮，在陋巷，人不堪其忧。自古圣贤犹不免困厄，然处变如处常。平日见得义命透，故用舍行藏，惟我与尔。他弟子不能及。

原宪居贫，子贡连骑结驷过之，谓宪曰："夫子何病也？"宪曰："无财谓之贫，道不行谓之病，宪贫也，非病也。"此语政针子贡殖货之膏肓。

秦下逐客之令，李斯在逐中，若不上书乞留，终身布衣。及其见留，致位宰相，父子俱戮，政坐一书之故。盖斯因仓鼠兴感，见逐上书，则其志在利禄也。与赵高谋杀扶苏立二世，恐失利禄也。一有患得患失之心，故不免于大戮，诚可以为贪利禄者之戒。

孔明仕蜀，子瞻、孙尚死于忠义。瑾仕吴，子恪死于诛戮。诞仕魏，死于兵。三诸葛皆丰之后，分仕三国，惟孔明从刘氏，瞻、尚得其死，合乎正。当时龙虎狗之喻甚当。

唐虞尚德，夏尚功，商尚老，周尚亲，秦尚刑名，西汉尚权谋，东汉尚节义，魏尚词华，晋尚清言，周隋尚族望，唐尚制度，宋尚道理纪纲。董贤财物四十三万万，梁冀财物三十余万万，郫坞金三万斤、银九万斤、锦绮宝玩山积，元载胡椒八百斛，他物称是。终不免自杀、剖棺、燃脐、塞袜，果何所得哉？

唐庄宗诏魏王杀蜀王衍一行人，宦人张居翰谓杀降不祥，以诏傅殿柱，揩改"行"为"家"，于是随衍千余人皆获免。汉高祖以李崧第赐宰苏逢吉，并取其西京之田宅。崧子弟有怨言。逢吉诱人告崧与家僮二十人谋反，改二为五，遂族其家。周太祖枭逢吉，适当崧被刑之所。一字活千人，族一家，宜六一公有取于居翰也。

贾生获罪于汉，投文汨罗以吊屈原。皮日休不用于唐，投文沅湘以悼贾谊。贾之见谗，似屈之忠。日休不用，似贾之投闲长沙。泄其忠愤，可悲已。柳宗元恃叔文辈为冰山，设为天对，投文吊湘，有二子之才，无三闾之忠，宁不发屈贾之笑。

绍兴初，有献鼎于行都，上赐白金三千两，赐三茅观。高一尺三寸有咫，两耳旁出，三足与首皆类牛。腹外周纹如篆籀，腹内篆铭曰："维甲午八月丙寅，帝若稽古，肇宋鼎，审厥象，作牛鼎，格于太室，从用享亿万宁神休，惟帝时宝，万世其永赖。"乃宋孝武孝建元年八月二日肇作以享太室者。二十九年，常州澄清观，先是，隔湖有物涌出波涛，寺观争取之，莫能得。澄清试以香花迎之，则凌波而上。有唐广德二年九月戊午，河东薛泚之铭，曰："上德愿而铸洪钟，仙圣祐而人天从。霜朝闻而窈窕，月夜听而邕容。莲生花而清净，顶衔绕于盘龙。响上闻于天外，声下彻于九重。庶长空于鬼狱，魔屏迹而潜踪。其象铎，其量勺，不石不播，不柞不郁，脐当其腹，杵不临唇，重几百钧。"禁中日伺其鸣为兴，缮节童行专任撞击，毋先时，毋不及。三期，锡以度牒，"声沏九重"之铭始验。观亦有吴道子《火星图》，褚遂良书《阴符经》，然皆出钟鼎下。

钱唐游手数万，以骗局为业。初愿纳交，或称契家，言乡里族属吻合。稍稔，邀至其家，妻妾罗侍，宝玩充案，屋宇华丽。好饮者，与之沉酗，同席或王府或朝士亲属，或太学生，狎戏喧呼。或诈失钱物，诬之倍偿。好游者，与之放恣衢陌，或入豪家，与有势者共骗之。好货者，或使之旁观，以金玉质锡，遂易瓦砾，访之，则封门矣。或诈败以诱之，少则合谋倾其囊。或窃彼物为证，索锡其家，变化如神。如净慈寺前瞽妪，揣骨听声，知贵贱。忽有虞候一人，荷轿八人，访妪曰："某府娘子令请。"登轿，至清河坊张家匹帛铺前少驻，虞候谓铺中曰："娘子亲买匹帛数十端。"虞候随一卒荷归取锡，七卒列坐铺前，候久不至，二卒促之。又不至，二卒继之。少焉，弃轿皆遁矣。有富者揖一丐曰："幼别尊叔二十年，何以在此？"引归，沐浴更衣，以叔事之，丐者亦因以为然。久之，同买匹帛数十端，曰："叔留此，我归请偿其直。"店翁讶其不来，挟丐者物色之，至其所，则其人往矣。有华衣冠者，买匹帛令仆荷归，授钥开箧取锡，坐铺候久晚不来，店翁随归，入明庆寺，如厕，易僧帽裹僧衣以逃。戴生货药，观者如堵，有青囊腰缠者，虽企足引领，而两手捧护甚至。白衫者拾地芥衔刺其颈，方引手抓，则腰缠失矣。有术士染银为药，先以水银置锅内，杂投此药，水银化烟去，银在其中。或者欲传之，欺以药尽，重需市药，则堕其计矣。殿步军多贷镪出成，令母氏妻代领衣赐，出库即货以偿债。有少年高价买老妪绢，引令坐茶肆内，曰："候吾母交易。"少焉，复高价买一妪绢，引坐茶肆外，指曰："内吾母也，钱在母处，"取其绢，又入附耳谓内妪曰："外吾母也，钱在母处。"又取其绢出门，莫知所之。呜呼！盗贼奸宄，皋陶明刑则治。晋用士会，盗奔于秦。治之之法，在上不在下。

宋坦斋谓曹东亩曰："君生永寿，诗学江西。"曰："兴到何拘江浙，然则四灵不足学欤？"曰："灵诗如啖玉腴，虽爽不饱。江西诗如百宝头羹，充口适腹。"

陈子长耗守瑞阳，用刑甚峻。西山真公勉以诗曰："粉省郎官出把麾，故人何以赠箴规。孔门仁恕真心法，汉吏循良乃吏师。听讼莫嫌刀似笔，爱民终见口成碑。玉麟夜语如相问，为说如今两鬓丝。"与谀悦者异矣。

有赋《长相思》词云："晴也行，雨也行，雨也行时不似晴，天晴终快人。　　名也成，利也成，利也成时不似名，名成天下惊。"有心为名，名亦利也，可警矣。

王晋卿云："海棠开后，燕子来时，黄昏庭院。"刘招山云："一般时节两销魂，楼上黄昏，马上黄昏。"赵德麟云："断送一生憔悴，能消几个黄昏。"

金声玉振，乃景钟也。顶上有玉，扣则金先鸣，玉终之。高九尺，天子亲击以祠上帝。铭曰："德纯懿兮舜文继，跻寿域兮孰内外，荐上帝兮伟兹器，声气应兮同久视，贻子孙兮弥万世。"

裕斋马枢密判临安府，荣邸解偷山贼，逼令重罪。鞫之，乃拾坟山之坠松者。判云："松毛落地是草，村人得之是宝，大王稳便，解来即时放了。"

景定辛酉，杭大饥，帅朝服请见荣王，求籴三百万石。王不出，终日坐宾次，必得请，乃退。是岁也，饥不为害。

安晚郑公私居青田府，鹿食民稻，犬噬杀之。府嘱守黥犬主，幕官拟云："鹿虽带牌，犬不识字，杀某氏之犬，偿郑府之鹿，足矣。"守从之。

浙右富人舍竹园于邻寺。其子贫甚，取其笋，僧执为盗，闻于官。守判云："当初舍园，指望福田。既无福田，还他竹园。"

尝记殿司荐阵亡疏，略云："虎头食肉，彼何人斯。马革裹尸，深负公等。战河南，战河北，毋忘此日之精忠。出山东，出山西，再作明时之将相。"

陆放翁宿驿中，见题壁云："玉阶蟋蟀闹清夜，金井梧桐辞故枝。一枕凄凉眠不得，呼灯起作《感秋诗》。"放翁询之，驿卒女也，遂纳为妾。方余半载，夫人逐之，妾赋《卜算子》云："只知眉上愁，不识愁来路。窗外有芭蕉，阵阵黄昏雨。　晓起理残妆，整顿教愁去。不合画春山，依旧留愁住。"

姑苏女子沈清友能诗，如"晚天移棹泊垂虹，闲倚篷窗问钓翁。为底鲈鱼低价卖，年来朝市怕秋风"，得风人之体。《咏渔父》云："起家红蓼岸，传世绿蓑衣。"《咏牧童》云："自便牛背稳，却笑马蹄忙。"得下字之工。

退之《送穷文》自谓怪怪奇奇，《毛颖传》虽稍怪，然笔力已不及。不知者以怪辞为工，叠字为巧，字理舛谬不暇顾，则诿之曰"自我作古"，又饰之曰"周诰殷盘，屈曲聱牙"。其实学力未充，笔下涩滞，仅足以诳聋瞽。老泉先生曰："风行水上涣，非水之文也，非风之文也。二物者非能为文，而不能不为文也。"惟退之得之。

辛稼轩觞客滕王阁，诗人胡时可通谒，阍人辞焉，呵詈愈甚。辛使前，曰："既称诗人，先赋滕王阁，有佳句，则预坐。"即题云："滕王高阁临江渚。"众大笑。再书云："帝子不来春已暮。莺啼红树柳摇风，犹似当年旧歌舞。"乃相与宴而厚赒之。范希文置酒郊楼，闻哭声，悉撤饮器，赠数丧之未葬者。忠厚可以戒薄俗，稼轩视希文之事，必优为之。

黄桂隐鹏飞以二绝送余游庐山，云："天下庐山第一奇，西风楚楚送行时。晦庵白鹿书犹在，非是游山只爱诗。""曾从图画识庐山，山好谁知画亦难。画好不如诗好读，就烦诗笔画来看。"其大父官南康，故于图画识庐山，四世祖以直道劲气不偶于时，有《峿溪诗话》行于世。

珏荆叟住灵隐，僧求挂搭不得。一日五鼓久立，方丈忽问云："何方狗子，甚处猫儿？"僧云："某甲温州。"叟曰："温州王小婆布针带得来么？"曰："有。"曰："何不出去？"僧于叟胁下槌一拳，叟以竹篦连打不止。僧忽云："打则任打，祖师西来意，未许你在。"叟曰："如何是祖师西来意？"答云："五峰青更青。"叟曰："便与挂搭。"随隐拈云："灵隐虽则方便垂慈，争奈这僧尚居门外。"

无准入室问伦断桥云："近离甚处？"答云："天台。"问云："曾见石桥么？"答云："踏断了也。"问云："踏断后如何？"答云："碧潭深万丈，直下取鱼归。"随隐拈云："蓦尔渔翁轻举棹，无端空谷里传声。"

阎妃以特旨夺灵隐寺菜园，建功德寺，住持冲凝绝退院示众云："欲去不去被去碍，欲住不住被住碍。浑不碍，十洲三岛鹤乾坤，四海五湖龙世界。"随隐拈云："长长还有人看方丈也无。"

历代笔记小说大观总目

汉魏六朝

西京杂记(外五种) 〔汉〕刘歆 等撰 王根林 校点

博物志(外七种) 〔晋〕张华 等撰 王根林 等校点

拾遗记(外三种) 〔前秦〕王嘉 等撰 王根林 等校点

搜神记·搜神后记 〔晋〕干宝 陶潜 撰 曹光甫 王根林 校点

世说新语 〔南朝宋〕刘义庆 撰 〔梁〕刘孝标注 王根林 标点

唐五代

朝野佥载·云溪友议 〔唐〕张鷟 范摅 撰 恒鹤 阳羡生 校点

教坊记(外七种) 〔唐〕崔令钦 等撰 曹中孚 等校点

大唐新语(外五种) 〔唐〕刘肃 等撰 恒鹤 等校点

玄怪录·续玄怪录 〔唐〕牛僧孺 李复言 撰 田松青 校点

次柳氏旧闻(外七种) 〔唐〕李德裕 等撰 丁如明 等校点

酉阳杂俎 〔唐〕段成式 撰 曹中孚 校点

宣室志·裴铏传奇 〔唐〕张读 裴铏 撰 萧逸 田松青 校点

唐摭言 〔五代〕王定保 撰 阳羡生 校点

开元天宝遗事(外七种) 〔五代〕王仁裕 等撰 丁如明 等校点

北梦琐言 〔五代〕孙光宪 撰 林艾园 校点

宋元

清异录·江淮异人录 〔宋〕陶穀 吴淑 撰 孔一 校点

稽神录·睽车志 〔宋〕徐铉 郭彖 撰 傅成 李梦生 校点

贾氏谭录·涑水记闻　〔宋〕张洎 司马光 撰　孔一 王根林 校点

南部新书·茅亭客话　〔宋〕钱易 黄休复 撰　尚成 李梦生 校点

杨文公谈苑·后山谈丛　〔宋〕杨亿口述、黄鉴笔录、宋庠整理　陈
　　师道 撰　李裕民 李伟国 校点

归田录(外五种)　〔宋〕欧阳修 等撰　韩谷 等校点

春明退朝录(外四种)　〔宋〕宋敏求 等撰　尚成 等校点

青琐高议　〔宋〕刘斧 撰　施林良 校点

渑水燕谈录·西塘集耆旧续闻　〔宋〕王辟之 陈鹄 撰　韩谷 郑世刚
　　校点

梦溪笔谈　〔宋〕沈括 撰　施适 校点

麈史·侯鲭录　〔宋〕王得臣 赵令畤 撰　俞宗宪 傅成 校点

湘山野录 续录·玉壶清话　〔宋〕文莹 撰　黄益元 校点

青箱杂记·春渚纪闻　〔宋〕吴处厚 何薳 撰　尚成 钟振振 校点

邵氏闻见录·邵氏闻见后录　〔宋〕邵伯温 邵博 撰　王根林 校点

冷斋夜话·梁溪漫志　〔宋〕惠洪 费衮 撰　李保民 金圆 校点

容斋随笔　〔宋〕洪迈 撰　穆公 校点

萍洲可谈·老学庵笔记　〔宋〕朱彧 陆游 撰　李伟国 高克勤 校点

石林燕语·避暑录话　〔宋〕叶梦得 撰　田松青 徐时仪 校点

东轩笔录·嬾真子录　〔宋〕魏泰 马永卿 撰　田松青 校点

中吴纪闻·曲洧旧闻　〔宋〕龚明之 朱弁 撰　孙菊园 王根林 校点

铁围山丛谈·独醒杂志　〔宋〕蔡絛 曾敏行 撰　李梦生 朱杰人 校点

挥麈录　〔宋〕王明清 撰　田松青 校点

投辖录·玉照新志　〔宋〕王明清 撰　朱菊如 汪新森 校点

鸡肋编·贵耳集　〔宋〕庄绰 张端义 撰　李保民 校点

宾退录·却扫编　〔宋〕赵与时 徐度 撰　傅成 尚成 校点

桯史·默记　〔宋〕岳珂 王铚 撰　黄益元 孔一 校点

燕翼诒谋录·墨庄漫录　〔宋〕王栐 张邦基 撰　孔一 丁如明 校点

枫窗小牍·清波杂志　〔宋〕袁褧 周辉 撰　尚成 秦克 校点

四朝闻见录·随隐漫录　〔宋〕叶少翁 陈世崇 撰　尚成 郭明道 校点

鹤林玉露　〔宋〕罗大经 撰　孙雪霄 校点

困学纪闻 ［宋］王应麟 撰 栾保群 田松青 校点

齐东野语 ［宋］周密 撰 黄益元 校点

癸辛杂识 ［宋］周密 撰 王根林 校点

归潜志·乐郊私语 ［金］刘祁 ［元］姚桐寿 撰 黄益元 李梦生
校点

山居新语·至正直记 ［元］杨瑀 孔齐 撰 李梦生 庄葳 郭群一
校点

南村辍耕录 ［元］陶宗仪 撰 李梦生 校点

明代

草木子(外三种) ［明］叶子奇 等撰 吴东昆 等校点

双槐岁钞 ［明］黄瑜 撰 王岚 校点

菽园杂记 ［明］陆容 撰 李健莉 校点

庚巳编·今言类编 ［明］陆粲 郑晓 撰 马镛 杨晓波 校点

四友斋丛说 ［明］何良俊 撰 李剑雄 校点

客座赘语 ［明］顾起元 撰 孔一 校点

五杂组 ［明］谢肇淛 撰 傅成 校点

万历野获编 ［明］沈德符 撰 杨万里 校点

涌幢小品 ［明］朱国祯 撰 王根林 校点

清代

筠廊偶笔 二笔·在园杂志 ［清］宋荦 刘廷玑 撰 蒋文仙 吴法源
校点

虞初新志 ［清］张潮 辑 王根林 校点

坚瓠集 ［清］褚人获 辑撰 李梦生 校点

柳南随笔 续笔 ［清］王应奎 撰 以柔 校点

子不语 ［清］袁枚 撰 申孟 甘林 校点

阅微草堂笔记 ［清］纪昀 撰 汪贤度 校点

茶余客话 ［清］阮葵生 撰 李保民 校点

檐曝杂记·秦淮画舫录　〔清〕赵翼 捧花生 撰　曹光甫 赵丽琰 校点

履园丛话　〔清〕钱泳 撰　孟斐 校点

归田琐记　〔清〕梁章钜 撰　阳羡生 校点

浪迹丛谈 续谈 三谈　〔清〕梁章钜 撰　吴蒙 校点

啸亭杂录 续录　〔清〕昭梿 撰　冬青 校点

竹叶亭杂记·今世说　〔清〕姚元之 王晫 撰　曹光甫 陈大康 校点

冷庐杂识　〔清〕陆以湉 撰　冬青 校点

两般秋雨盦随笔　〔清〕梁绍壬 撰　庄葳 校点